感情を殺すのをやめた元公爵令嬢は、みんなに溺愛されています！

The former Duke's daughter, who stopped killing her emotions, It is loved by everyone!

2

Yuuri Yuudachi
夕立悠理

[illust.]nima

[キャラクター原案]ふじさきやちよ

CONTENTS

【イラスト】nima 【デザイン】寺田鷹樹

Characters

ブレンダ

貴族学園の一年生。平民。生徒会役員。
アレクシスから 婚約破棄され、
スコット公爵家を勘当されたことで、
感情を自由に表現できるようになった。

アレクシス・ルーヴィン

貴族学園の一年生。生徒役員。
ブレンダの元婚約者で第二王子。

ジルバルト・ローリエ

貴族学園の三年生。
学年一の秀才。魔眼持ち。

ルドフィル・マーカス

貴族学園の二年生。
生徒役員。ブレンダの従兄弟。

ミラン・カトラール

貴族学園の一年生。生徒会役員。
ブレンダの親友でクライヴの婚約者。

クライヴ・アルバート

貴族学園の三年生。生徒会会長。
ジルバルトの親友でミランの婚約者。

三　章

CHAPTER 3

The former Duke's daughter, who stopped killing her emotions,

It is loved by everyone!

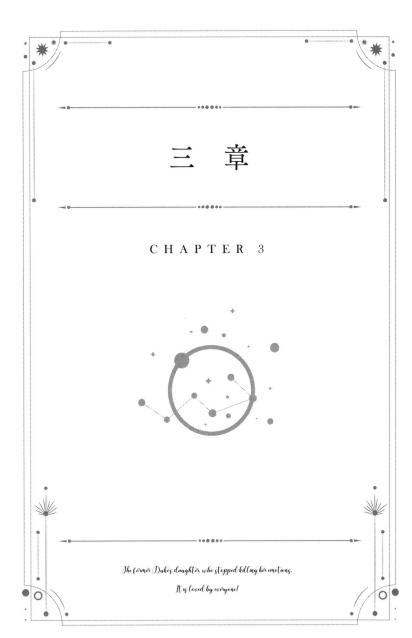

期末テスト

無機質すぎるという理由で、第二王子の婚約者であったアレクシス殿下に、婚約を破棄された私は、婚約破棄に怒った父により公爵家を勘当され平民になった。

平民でも、それなりの生活水準を維持しようと思ったら、学が必要だ。そこで、貴族も通うこの国屈指の学園に特待生制度を使って、入学することにした。

その学園で感情を殺すのをやめた私は――かつてライバルだったミランと友人になったり、人嫌いで有名なジルバルトという先輩ができたり、従兄であるルドフィルに婚約を持ちかけられたり、婚約破棄をしたアレクシス殿下と友人になったりもした。

そんな忙しい――けれどそれなりに充実した日々を送っていた私に、ある日劇的な変化が訪れた。

それは、恋。私は、アレクシス殿下に恋をした。

恋に狂った父を見て、ああはなりたくないと思った。

恋に対する認識を改めたくて、でも、なかなか改められなくて。そんな悶々とした思いを抱えていた私は、ある日、恋をしたのだ。

きっかけはわからない。でも、学園の行事の一つである、かくれんぼが終わってから、なんとなくアレクシス殿下のことを好きだと思った。目で追うようになった。話すときに声が上ずってしまうこともあるようになった。いつも以上に入念に身だしなみを確認するようになった。

そんな風に、私は恋をしたけれど。

この恋を打ち明けるつもりは毛頭ない。私は平民であり、相手は第二王子で元婚約者。叶うはずのない、叶えるつもりもない恋を不毛だと思いながら、今日も私は恋心を抱えている。

シルビアに占ってもらったり、ミランと協力して星形のプレートを集めたり。

……そんなとても楽しかった星集め祭が終われば、夏期休暇——と言いたいところだけれど。

残念ながら、その前にテストがある。この学園は、二学期制であり、年間四回あるテストのうちの、二回目——つまり、期末テストだ。

「……よし！」

支度を整えて鏡の前で、気合を入れる。まだ、他の生徒たちは、お祭りが終わった後の少し浮足立っているような雰囲気が続いているけれど。私はそれに流されてはいけない……といいつつ、少し流されていた日もあった。

私の好きな人であるアレクシス殿下と話せた日など特に顔がにやけて勉強が手につかない日があったのだ。

——これはいけない。

私の目標は、このまま好成績を維持しながら学園を卒業し、将来安泰な就職先に就職すること。

やっぱり、今のところの第一希望は、国内の最高峰の研究機関である天文塔だ。

つまり何が言いたいかというと——この期末テストでも気は抜けない。

だからいつものように、今日も朝から図書室に行って勉強をしよう。改めて、そう決めてから自室を出る。


女子寮の門前には、いつも通り、ルドフィルがいた。

「ごめんなさい、ルドフィル。待たせちゃったかしら？」

敬語や敬称で話すことが癖づいてしまった今では、それらを外すことにまだ少し、緊張する。

……おかしくないかな。うまく、言えてた？

ルドフィルはそんな私を見ると、目を細くして笑った。

「おはよう、ブレンダ」

「おはよう」

ルドフィルは、全然待ってないよ、と首を振ってから——微笑んだ。

「今日も可愛いね、ブレンダ」

「⁉」

従兄のときのような笑みではなく、一人の男性のような笑みを浮かべて——いや、実際そうなんだけど——手を差し出すルドフィルに思わず体温が上がる。

「る、ルドフィル！　からかわないで」

それに、当然のように差し出されたその手は⁉

私が怒ると、ルドフィルは肩をすくめて手を引っ込めたあと、

「可愛いのは本当だよ。この手は、差し出したら、つられて握ってくれるかなと期待して」

なんて言って、笑った。

……最近のルドフィルは以前よりも積極的な気がする。

その後も、ルドフィルは五歩歩くごとに、可愛いね、とか好きだよ、とか砂糖菓子よりもはるかに甘い言葉をはいた。

「……ルドフィル」

「どうしたの？」

私がルドフィルをじとりと睨んでも、ルドフィルはむしろ嬉しそうな顔をした。

「……何か変なものでも食べたの？」

「ううん、特には。朝食べたものと言えば……」

ルドフィルは、鞄の中から白いリボンでラッピングされた包みを取り出した。

「はい、これ」

「？」

ルドフィルから受け取ったその包みをほどくと、甘い香りがした。

「……美味しそう」

思わずごくり、と喉をならす。

「バタークッキーだよ。まずは、ブレンダの胃袋を掴もうと思って、はりきって作ったんだ」

味見もしたから安心してね、とルドフィルは笑った。

「……ありがとう」

ルドフィルの作るクッキーが一番好きな私は、すでに胃袋を掴まれている。

でもそのことを言うのは恥ずかしいので、代わりにクッキーのお礼を言う。

「どういたしまして」

そう言って、さらりと微笑んだルドフィルは、また甘い言葉を囁《ささや》きだした。

「……ルドフィル」

私は、耳元から砂糖に侵食されておかしくなりそうだからやめてほしい、と白旗を掲げた。もし、この言葉を言ったのが、アレクシス殿下だったら。一瞬浮かんだ考えを、首を振って打ち消す。だめだわ、恋に流されちゃ！

ルドフィルはそんな私に不思議そうに首をかしげた後、じゃあ、今日はここまでね、と微笑んで、囁くのをやめた。

「……今日……は？」

「うん」

「ルドフィル、まさか……」

「うん？　毎朝続けるよ？」

……さすがに、それは。

毎朝は血圧があがりすぎて、体に悪そうだ。

——これは、登校を見直すべきかな。

でも、もうすぐ夏期休暇だものね……。夏期休暇明けは、考えや気持ちが変わる人もいるっていうし。

……それに期待しよう。

——そう決めて、甘い言葉をやめ、他愛ない話を始めたルドフィルの言葉に耳を傾けた。

学園に着いたので、ルドフィルと別れ、図書室へ。

図書室では、今日もジルバルトがいつもの席に座っていた。

「おはようございます」

小声で挨拶をして、私の定位置——ジルバルトの隣の席だ——に座る。

「おはよ」

ジルバルトは、こちらを見て微笑んで挨拶を返すと、また視線を問題集に戻した。

……そういえば、学園で成績が優秀な人は、三年生の今回の期末テストが終わった後くらいに、数々の就職先の推薦状を貰えるのだという。

その推薦状を貰えれば——もちろんその後も好成績を維持するという条件付きで——確実に就職できるらしい。

そして、なんと、その推薦状の効力は、国内最高峰の研究機関たる天文塔にも例外なく働く。

三年間ずっと好成績を維持してきたジルバルトは、もちろん、天文塔に手が届くだろう。

……私も、負けないように頑張らなくっちゃね。

そう気合を入れなおして、問題集を開く。

天文塔では、言語や、植物、その名の通り星や月など様々なものが研究されている。

その中でも、私が現在一番興味があるのは……宇宙学であり、この問題集も宇宙学の問題を扱っている。

問題集に、間違った問題は星形のマークを入れているのだが、期末テスト範囲の問題は、中間テストの範囲と比べてそのマークが多い。

それだけ、内容も中間テストと比べて複雑になっているということ。

……それでも、私は、今回の期末テストでも上位に入らないといけない。

——星がある部分を中心に解いているうちに、図書室での時間は過ぎていった。


「ブレンダ」

予鈴がなる少し前に、鞄に勉強道具をつめていると、小声で話しかけられた。

「ジルバルト様？」

でも、ジルバルトと視線が合わない。

何を見てるのかな。

その視線の先を追いかけると、まだ開きっぱなしの問題集があった。

「こっ、これは……！」

慌てて、問題集を閉じる。

「勝手に見てごめん」

「いえ……でも、星ばかりでお恥ずかしいです」

「ブレンダは、間違えた部分に星をつけてるんだったよね？」

「……はい」

よりによって、一番星が多いページを開いていたので、呆れられたかもしれない。

「恥ずかしがるようなことじゃないよ。ブレンダが努力している証しだし、一年生のこの時期から内容が複雑になるから」

「ありがとうございます」

うう、慰められてる。

「ボクも、苦手だったんだよね、その範囲。でも、その部分は、後々使うからわりと重要。だから――」

もっと、勉強した方がいいっていうことよね。

「よければ、今日の放課後、ボクが教えようか？」

「え？」

予想外の言葉に驚く。

ジルバルトの教え方は丁寧でわかりやすい。

教えてもらえるのは、とても嬉しいけど……。

「でも、ジルバルト様も重要なテストを控えていますし……」

何といってもこの試験が終われば、推薦状を貰えるのだ。特に、ジルバルトは爵位を継がないから、就職先が決まる推薦状は重要なはず。

……けれど、ジルバルトは笑った。

「ボクを誰だと思ってるの」

「！」

自信満々な言葉だけど、ジルバルトが言うと様になる。

その自信は努力と結果に裏打ちされたものだと知っているから。

「……そうですね。お願いしてもいいですか？」

私が頼むと、ジルバルトはもちろん、と頷いた。

そこで、丁度予鈴が鳴ったので、急いで片付けて、解散する。

——ジルバルトの教え方は丁寧でわかりやすいから放課後、楽しみだな。

午前と午後の授業は、放課後のことを考えながら受けているうちに、瞬く間に終わった。

そうして、迎えた放課後。期末テストが近いので、生徒会の仕事はお休みだ。次の生徒会も関わる大きな行事は、後期の文化祭なので、それまではあまり仕事がない。

なので、三年生の教室に向かう。

そこで、丁度クライヴとすれ違った。

「やぁ、ブレンダ嬢」

「こんにちは、アルバート様」

「ジルに用事なら、教室にいたぞ」

急いでいるのか、クライヴは少し早口で教えてくれた。

「ありがとうございます」

私がお礼をいうと、ああ、とひらひら手を振って、去って行ってしまった。

ミランといつも登下校を一緒にしているから、おそらく、ミランの元へ行くのだろう。

……仲良しだなぁ。

そんなことを思いながら、ジルバルトの教室に行くと、席に座っていた。

「――」

夕日が、ジルバルトを照らしている。

淡いオレンジの光に包まれながら、窓の外を眺めているその姿は、息をのむほど、美しかった。

――宵闇の貴公子。

そんな言葉が頭の中に浮かぶ。

二つ名であるそれを、ジルバルトは嫌っていたけれど。

そう女子生徒たちが噂するのも頷ける。

その絵画のような姿に呼吸も忘れて見惚れていると、目があった。

「!」

私を捉えたその瞳が細められ、近寄りがたい美しさを持った少年から、親しみやすい、いつものジルバルトに変わる。

「どうしたの、ぼーっとして。勉強、しに来たんでしょ」

悪戯っぽい笑みを見て、ようやく呼吸を思い出した。

「……ジルバルト様が」

「うん？」

立ち上がって首をかしげながら、ジルバルトが近づく。

「あまりにも美しかったので、見惚れてしまいました」

「っ！」

私の言葉に、ジルバルトが足を止めた。

「……はぁ。本当にブレンダは素直だよね。でも、ブレンダにそう言ってもらえるなら、この顔も悪くないね」

気恥ずかしそうに、頬を少し赤くしてそういうと、ほら、と椅子を引いた。

「座りなよ」

「ありがとうございます」

「……うん」

ジルバルトは小さく頷くと、自分もその隣の席に座った。そして、机を寄せ、机と机の境目に問題集を置いた。

「じゃあ、始めるよ」

「はい、よろしくお願いします！」

「うん。まずはこの問題からだけれど――」

ジルバルトは、丁寧に――分かりにくいところは図解しながら教えてくれた。

……可愛い。

その図には可愛い猫のイラストも添えられており、とても分かりやすいと同時に癒される。

「ジルバルト様……」

「ん？」

私が猫のイラストを指さすと、ジルバルトは首をかしげた。

「それがどうかした？」

「ジルバルト様は、様々な特技がおありですね。こんなに可愛い猫、見たことがありません」

私の言葉に、ジルバルトは少し照れたように横をむく。

「別に。特技というほどのものじゃないよ。単に弟がせがむから、描けるようになっただけ。それで、解説を続けるけど……ここは――」

とても可愛い猫のイラストに癒されながら、再び始まったジルバルトの説明に集中する。

「……ブレンダ」

「どうしました？」

少しだけ呆れた声に、首をかしげる。

「図に近付きすぎ。目、悪くなっちゃうよ」

はっ！　いつの間に!?

ジルバルトの言う通り、集中するあまり、顔を近付けすぎていた。

慌てて、図から適切な距離をとる。

「でも、それだけ一生懸命聴いてくれてありがと。ブレンダに教えるのは、ボク自身も勉強になるから、助かってる」

「いえ、こちらこそありがとうございます」

ジルバルトに教えてもらえてよかった。

苦手な箇所だったけど、得意とまではいかなくとも、それなりにわかるようになった……と思う。

少なくとも、この問題集の問は、間違えずに自分で解けそうだ。

そのことを伝えると、ジルバルトは微笑んだ。

「それなら良かった。じゃあ、帰ろうか。女子寮の前まで送るよ」

「えっ、でも……」

勉強も教えてもらって、送りまで頼むのは、申し訳ない。

「ブレンダとまだ話したいからさ。それに、可愛い後輩を送るのは、先輩なら当然でしょ？」

少しおどけたように言われたその言葉に、思わず笑う。

先輩と後輩。少しくすぐったくもあるその関係は、胸の中を温かい気持ちで満たした。

「では、お言葉に甘えさせていただきます。ありがとうございます、先輩」

ジルバルトと話をしながらの下校は、とても楽しかった。

「おやすみ、ブレンダ。勉強は大事だけど、あんまり根を詰めすぎないようにね」

「はい、ありがとうございます。ジルバルト様も、おやすみなさい」

お別れの挨拶をして、女子寮の扉の前まで行き、ふと、振り返った。

当然、ジルバルトはもう帰っ――ていなかった。

「――」

とても優しい瞳でこちらを見ていた。まるで、包み込むような温かいまなざしに、戸惑う。

……なんで。どうして、それじゃ、まるで――。

あまりにも、自意識過剰すぎる答えが浮かびそうになったところで、後輩、という言葉が思い浮かんだ。

後輩、だから。……なのかな。

ジルバルトは、あまり人を寄せ付けない。それはきっと、知り合った昔も今も変わっていない。

でも、私の味方だっていってくれたり、可愛い後輩といって、こうして送ってくれたり。

ジルバルトは一度懐に入れた人に優しい性格なのだろう。

……罪な、ひと。

私だから良かったものの、他の誰かだったら勘違いしかねない――なんて、自意識過剰さは棚に上げて、そんなことを考えつつ。

最後にジルバルトに手を振って、女子寮の中に入った。

「よし、やるぞ」

自室に入った私は、やる気に満ちていた。

ジルバルトにたくさん苦手箇所を教えてもらった。だから、今はわりと内容が理解できている状態だ。

つまり……今のうちに勉強を重ねることで、内容を脳に定着させるのだ！

「ここの公式は……と」

ジルバルトの解説をメモしたノートを見ながら一つ一つ丁寧に問題を解いていく。

勉強は元々苦ではなかったけれど、やればやるほど、楽しくなってくる。

「ふ、ふふ、ふふふふふ」

私は、笑みを浮かべながら、その後も問題を解き続けた。


それからしばらく穏やかに時間は過ぎ――ついに期末テスト当日になった。

鏡の前で、タイを結びながら、ため息をつく。

……緊張するなぁ。

テストは、自分の知識の定着度などをはかるためのものだ。

だけどそれだけではなく、その結果によって、私が特待生としてこの学園に所属し続けられるか、将来希望する就職先についての推薦状がもらえるかが決まる。……でも。

「できることをするだけ、よね」

まだ、少し緊張しているけれど、そう思うと気が楽になる。

それに私は数多くの時間を勉強に費やしてきた。もちろん時間だけが、全てじゃないけど。

それでも、積み重ねてきた日々は、自信に繋がる。

「よしっ！」

タイを結び終わり、頬を叩いて、気合を入れた。

……頑張ろう。


テスト当日なので、勉強に集中するため、ルドフィルと別々に登校し、教室に向かう。

図書室は、人で溢《あふ》れかえっているだろうし、それに、また教室へと移動する時間が惜しかった。

教室に入るとテスト前特有の、張りつめた空気がする。

すぅ、はぁー。

深呼吸をして、その空気の中に自分を溶け込ませ、席に座った。

……大丈夫、大丈夫。

自分にそう胸の中で言い聞かせながら、機械的に問題集の問を解いているうちに、朝のホームルームが始まる時間になった。

そして、ホームルームが終わると、テストが始まった。

見直しの三回目に突入したところで、最後の科目の終わりを告げるチャイムが鳴った。

——テストが、終わったのね。

後ろから前にテスト用紙を回していき、先生が全部の用紙の枚数を確認した後、解散が告げられた。

みんな大はしゃぎで、教室を出ていく。

期末テストが終われば、もう、夏期休暇だからだ。

ちなみに、テスト結果の張り出しは今回のテストでは行われず、かわりに個人の成績表と一緒に、自宅に届けられる。……私の場合は、女子寮だ。

そんなことをつらつらと考えながら、大きく息を吐く。

——テストの余韻が、まだ、体に残っていた。

少し震えている手は、終わったという安堵で、緊張が解けたからだと思う。

空欄は作ってないし、見直しは最低でも二回はした。

だから……大丈夫。

もう一度深く、呼吸をして立ち上がる。教室にまだ残っていたのは、私だけだった。

「……ブレンダさん」

筆記用具を片付けて、鞄にしまっていると、声をかけられた。——ミランだ。

ミランは私を見ると、ほっとした顔をした。

「良かった、まだ残っていたのね」

「はい」

ミランは夏期休暇に実家に帰ると言っていた。……といっても、私のように家がない特殊な場合を除いて、実家に帰る生徒がほとんどだ。

「ほら、前にしたお話を覚えているかしら？」

「……もしかして、ミラン様のご実家に招待してくださるという件ですか？」

ミランに夏期休暇中に実家に来ないかと誘われていたのだ。でも、まだ具体的な話はできていなかった。

「そう、その件よ。私としては、夏期休暇中ずっと一緒に過ごせたら、素敵だなって思うのだけれど……ブレンダさんにも予定があるでしょう？」

……確かにずっとは魅力的な誘いだけど、遊びに行くなら、夏期休暇に出された課題を終わらせてからがいいな。

そう伝えると、ミランは微笑んだ。

「わかったわ。そのほうがめいっぱい遊べるものね。なら、また課題や予定が落ち着いたら、手紙を下さるかしら？」

「はい。楽しみにしてますね」

「私もよ」

ミランと過ごす夏期休暇。きっと、楽しいものになるだろう。

でも、学園入学前は、そんな風に誰かと過ごせるなんて考えもしなかった。

ずっと、勉強に明け暮れるだけの三年間になると思っていた。それもそれで、いい経験にはなっただろうけど……。

だから、全く戸惑いがないと言えば嘘になる。

こんなに濃い数か月を過ごしたのは初めてで、慣れていないから。

でも、こうして人と関わる経験も、とても得難いものだと思う。

「では、ミラン様。良い夏期休暇を」

「ええ、ブレンダさんもね」

ミランと笑顔でお別れした。


女子寮は、いつもはわいわいと騒がしい時間だけど、静まり返っていた。

寮母さんによると、女子寮に残っているのは、私だけのようだった。

静寂が支配する寮はまるで、知らない場所みたいで、少しだけ心細い。

「……何やってるんだか」

くせで、ミランの部屋にお話をしに行こうとして、苦笑する。

――ミラン。かつては、ライバルのようだった彼女。でも、今ではかけがえのない友人、大親友になった彼女。

先ほどミランと別れたばかりだというのに、もう、ミランが恋しい。

そんな自分にまた苦笑して、自室に入った。

自室は、当たり前だけど、いつも通りで安心する。

「……ふぅ」

制服から、部屋着に着替え、ベッドに転がる。

この数か月、忙しかったけど、充実してたなぁ。それこそ、ミランと友人になったことを筆頭に、本当に様々なことがあった。

生徒会の執行役員になったり、アレクシス殿下と友人になったり、ルドフィルから告白されたり、ジルバルトに味方だっていってもらえたり……。

でも、その中でも、一番大きな出来事と言えば。

……恋を、したこと。

母をなくして狂っていく父を見ていた私が、恋ができるなんて思わなかった。

「私は、恋をしてるのよね……」

きっかけは、あまり覚えていないけど。『かくれんぼ』という学校行事を境に、私の世界は確実に変わった。

好きなひと――アレクシス殿下の存在をたった一つの行動ですら意識してしまうようになった。

いつもより、丁寧に髪を梳かしてみたり、少しだけ色が濃いリップを塗ってみたり。

……といっても、この恋を叶えるつもりはないのだけれど。

だって、私は、ただの平民であまりに身分が違い過ぎるし、分不相応な恋だから。

それでも、少しでもよく見られたいと願ってしまうのだから、恋とは、実に厄介ね。

病と称されることもあるのも実に納得だ。

そんなことをつらつらと考えていると、眠くなってきた。

……テストが終わって、気が緩んだのかな。

――私はゆっくりと眠りの世界に落ちていった。


「……ダ、ブレンダ」

穏やかで美しい、声が聞こえる。その声に導かれて目を開けると、母が笑っていた。

「ふふ、私の可愛いお寝坊さん」

私と同じ水色の髪と瞳そして、その表情は間違いなく母のものだった。

「お母さま……」

どうして、母がいるの。私は、今まで夢でも見ていたのかな。

「あらあら。不安そうな顔をしてどうしたの、私のお姫様」

ほら、お母様になんでも話してみなさい。

そう言って、笑う母は記憶の中の姿のままだった。

「あのね、お母様――」

「お母様は、いっつもブレンダのことばっかり」

私の話を遮るように、母に抱きついたのは、兄だった。

「あら、リヒトだって私の小さな王子様よ」

王子様、という言葉に反応した兄は、少しだけ恥ずかしそうに、でも嬉しそうに笑った。

「……ならいいけど」

「ねぇ、ブレンダ、リヒト。覚えておいて――」

あなたたちは、二人きりの兄妹よ。だから。

――ずっと、ずっと、仲よくしてね。

母の言葉が終わると同時に、世界が回る。

私は頷いたけど、兄は――リヒトお兄様は、あのとき、なんていったんだっけ。

疑問に思っている間に、意識は浮上し、母の笑みも兄の戸惑った顔も掻き消えた。


「……ん、ふわあぁ」

大きなあくびを一つして、起き上がる。懐かしい、夢を見ていた。

――リヒトお兄様は、いま、どうしているのかな。

浮かんだ考えを、頭を振って追い出した。

私は、公爵家から勘当された人間だ。私に気にされても、困るだろう。

そういえば、まだ明るかったし休憩するだけのつもりだったから、カーテンも閉めずに眠ってしまっていた。

窓からは、月の光が差し込んでいる。

「……綺麗」

今日は満月のようで、とても明るい。

「外に、出てみようかな……」

考えてみれば、この学園に来てから、夜の散歩をしていない。それは、門限があったからだけど、この夏期休暇中は門限はないらしい。

……こんなに明るいんだし、女子寮の周りを歩くくらいなら、問題ないよね。

部屋着から外出着に着替え、外に出る。

蛙の鳴き声が聞こえるだけで、あとはとても静かな夜だった。

……そういえば。

蛙で思い出した。女子寮の近くに池があるのだ。

池の周りは草も切りそろえられていて、とても綺麗らしい。でも、いつも人——特にカップルが多いから、あまりいったことはないのよね。

でも、今学園に残っている生徒はほぼいないから、独り占めできるかも。

「行ってみよう」

池までの道は、何度か通ったことがあるけど、夜に見るとまた違った道に見えて、とても楽しい。

それに、この学園には夜に咲く花も植えられていたらしい。白い小さな花は、とても可憐で、いい香りがする。

その花を眺めながら歩いていくと、あっという間に池に着いた。

「……わぁ」

思わず歓声を上げる。

月の光を受けきらきらと輝く水面は、とても綺麗だった。

学園内でも人気の場所だからかベンチがあったので、座って池を眺める。

……とても贅沢な時間だわ。

「……？」

しばらく眺めていると、誰かの足音が聞こえてきた。それと同時に、荒い息遣いも。

こんな夜中に出歩いているのが、私だけじゃないなんて。

不思議に思って、立ち上がりその足音の方に、近づく。

「はぁっ、はあっ……」

深い紺色の髪。月光を受けて輝く、赤の瞳。そして美しい顔立ちは、体がきついのか歪められている。

……ジルバルトだ。

「ジルバルト、様？」

必死に――少し怪しい動きで――走っているジルバルトの名を思わず呼んでしまった。

「!?」

ジルバルトは、私に気づくと、とても驚いた顔をして――。

「ブレン……！」

盛大に転んだ。

「ジルバルト様！　お怪我はありませんか？」

慌ててジルバルトを助け起こす。

「……ありがと。怪我も大丈夫」

お礼を言いながら、恥ずかしそうに横を向いたジルバルトは少し早口で言った。

「でもブレンダ、こんな遅い時間に出歩いたら危ないよ――通りかかったのがボクだったからよかったけど」

確かに、軽率だったかもしれない。でも……。

「そうですね、気を付けます。ところで――ジルバルト様もなぜこんな遅い時間に走っていたんですか？」

「うっ」

私の疑問に、ジルバルトは言葉を詰まらせた。そして、しばらくうんうんと唸ってから、観念したようにこちらを見た。

「笑わない？」

「笑いませんよ」

しっかりと、目を見つめて頷く。

「……うん、わかった。ブレンダを信じる」

ジルバルトは、大きく息を吐いた。

「ボクは非力なんだ。……といっても男だから、ブレンダよりは力があるとは思うけど――」

確かに、ジルバルトは全体的に細い。

でも、それを気にしているとは気づかなかった。

「でも、筋力はないよりはあったほうがいいでしょ？　そのほうが守りたいものを効率よく守れる」

「効率よく……」

なんとも、頭のいいジルバルトらしい言葉だ。

「うん、そう。だから、この時期は、毎年走って体を鍛えるってきめてるんだよね」

「……そうなんですね」

でも、なんで夏だけなんだろう。それこそ、一年中鍛えた方が、筋肉もつきやすいと思うけど……。

疑問に思っていると、ジルバルトは続けた。

「でも、そもそも、ボクは運動に向いてないらしくて。一年の頃は、季節を問わず朝に走ってたんだけど――……」

運動に向いていない？

「ボクの動きがどうも他の人の走り方とは違うみたいで……、遭遇した子たちにとても怖がられたんだ」

悲しそうな目をしたジルバルトは、はぁ、とため息をついた。

……確かに。ジルバルトの走り方は、どこが間違ってるとか指摘はできないけど、何かがおかしかった。

「だから走るのは人目に付きにくい、夏期休暇中の夜って決めてるんだ」

「……なるほど」

走るのは夏だけだけど、そのかわり毎日自室で筋トレをしているらしい。

「でも、なかなかつかないんだよね、筋肉。……ブレンダだから話したけど」

形のいい唇に人差し指を当てて、ジルバルトは微笑んだ。

「このことは、誰にも秘密ね」

「はい、もちろんです」

大きく頷く。誰にだって、他人に知られたくないことの一つや二つあるだろう。

それを話してくれたことが嬉しかった。

ジルバルトは、ありがと、と言うと、右腕を差し出した。

「……？」

この腕は、どういうことだろう？

意味を測りかねていると、ジルバルトが優しく微笑んだ。

「遅い時間でしょ、女子寮まで送るよってこと。ほら、お手をどうぞ、お姫様」

「っ！」

……恥ずかしい。

頬にかぁっ、と血が上るのを感じる。

でも、これはジルバルトが悪い。誰だってそんな笑みでお姫様、なんて呼ばれたら、照れてしまう。

腕に手を添えられずにいると、ジルバルトは噴き出した。

「……ふ、あははは！」

「あっ、からかいましたね！」

もちろん、本気でお姫様って呼ばれているわけではないのは、わかっていたけど。

「ごめん、ごめん」

……全く心がこもってない！

「でも」

「？」

「間違いなく、ブレンダはお姫様だよ」

……どういうこと⁉　まさか、以前言っていた氷姫とかそういう――……。

そう口にしようとして、やめる。

ジルバルトの瞳は、あまりに優しい色をしていた。

「……ボクだけ、じゃないのは気に入らないけど。それでもいいよ」

それでもいい。

そう言って笑った顔は、どこか諦めも入っていて。でも、それだけではない強さもあった。

「ジルバルト様……？」

その表情の意味を知りたくて――手を伸ばす。

「うん……帰ろう」

けれど頷いたジルバルトの表情は、いつものものに戻ってしまった。

ジルバルトにエスコートされて、女子寮まで帰る。

……服の上から触れた腕も、その体温まではわからなかった。

――ただ、あのときの表情だけが、目に焼き付いていた。

夏期休暇の始まり

翌朝、ついに夏期休暇が始まった。正確には、昨日の放課後から始まってはいたんだけど。

丸一日学園がない、という休みは今日からだ。一か月と少しという長期休暇なので、とても嬉しい。この学園生の多くの夏期休暇のプランは、実家でゆっくり過ごす、というものが多いようだ。

私には、実家はもうないから、帰れないけれど。

ベッドの上であくびをしながら、大きく伸びをすると、ふと昨夜のジルバルトの表情を思い出した。

なぜ、あんな表情をしたのか気になる、けど……。

考えることは他にもたくさんある。

例えば、私の好きな人であるアレクシス殿下にもう夏期休暇中、会えないのかな、とか。

「っ！」

自分で考えておきながら、羞恥で頬が熱くなる。

私の脳内が、砂糖菓子よりも、甘くなってしまっているわ……！

これは、いけない。

頭を振って、先ほどの考えを追い出す。

時間は有限だ。気持ちを切り替えて、夏期休暇を楽しもう！

「……何をしようかな？」

とりあえず、服を寝間着から休日用の服に着替える。

せっかく女子寮に一人だから、「おひとりさま」な寮生活を楽しむのもいいし、街でも「おひとりさま」として散策するのも楽しそうではあるけれど。

やっぱりまずは……。

「夏期休暇の課題からよね」

夏期休暇明けには、小テストが行われることを考えながら、課題を勉強机に広げる。

そういえば、期末テストの結果はいつ届くのかな。

頑張った、自分に出来ることはやった、という自信はあるけど、やっぱりその結果を見るまでは、どうしても気にしてしまう。

「……考えていても仕方ないわ」

成績表が届くまでは、わからないのだし。とりあえず、課題に集中しよう。

課題の一つである問題集はざっと見たところ、前期の復習が主だった。あと、後期の予習のような内容が少し。

この課題は問題なさそうね。

でも――もう一つの課題である一枚の紙を見る。

紙には、こう、記されていた。

――あなたの夏期休暇を表す芸術作品を何か一つ作製しなさい。

手っ取り早いのは、貴族時代に身に付けた、刺繍かな。

でも、せっかくだし、何か今までしたことがなかったことをするのもいいかもしれない。

たとえば、作曲や作詞をしてみるだとか。絵を描いてみるとか。

芸術、と一言にいっても表現方法は様々だ。

たぶん、そういう方法を模索するのも、課題のひとつなのだろう。

とりあえず、芸術作品のことは忘れないようにして、取り組みやすい問題集から解こう。そしてついでに自主課題として、いつもの問題集もできる範囲を解こう。


「……ふぅ」

窓から西日が差し込む時間になった。

適度に休憩しつつ集中して取り組んだおかげで、夏期休暇の問題集の三分の一は終わった。

いつもの問題集も、かなり進んだ。

今日の勉強はここまでにして、散歩でも行こうかな。きっと、夕方だから涼しいだろうし。

机の上を片付けてから自室をでる。

……今日は、どのあたりを散歩しようかな。

少し悩んだ後、せっかく時間があるのだから、学園が所有する敷地内を一周することにした。

淡いオレンジの光で満たされた世界は、幻想的で、少し寂しい。

一人歩いていると、まるで、世界に独りぼっちになってしまった気がする。

……なんて、感傷的なことを考えていると、学園の校舎から誰か出てくるのが見えた。

は、恥ずかしいー。ぜんぜん、世界に独りぼっちじゃなかった。

出てきた誰かに手を振られ、誰だろうと目を凝らす。

「……あ」

ジルバルトだった。昨夜のことを思い出しながら私も手を振り、ジルバルトに駆け寄る。

「ジルバルト様、こんにちは……？」

「こんにちは、ブレンダ」

ジルバルトは、にこにこしていて、とても機嫌がよさそうだった。

……何か、いいことでもあったのかな？

尋ねようとして、ふと、ジルバルトの手に気づいた。何か——筒状の物を持っている。

「ジルバルト様、もしかして、それは——」

「うん。貰えたんだ、推薦状」

ジルバルトが心底嬉しそうに笑った。大変破壊力のある笑みだ。

その素晴らしい成績から考えると、その推薦状がどこか、はすぐに推察ができた。

「おめでとうございます！　……もしかして、天文塔ですか？」

「うん、そうだよ。ありがと、ブレンダ」

さすがジルバルトだ。国内最高峰の研究機関である天文塔の推薦状を本当に貰うなんて。

拍手をすると照れくさそうにしながら、ジルバルトは微笑んだ。

「ずっと行きたかったんだ。将来安泰だから、路頭に迷うこともないだろうし。だから、嬉しい」

「本当におめでとうございます！　あれ、でも……」

推薦状がもらえたってことは、もうテストの結果が出てるってことよね。

でも、まだ、さっき自室を出た時点で成績表が寮に届いてなかった。

私がそのことを伝えると、ジルバルトが教えてくれた。

「……ああ、それは今回の期末テストだけ、三年生の成績を先に出すんだ」

「なるほど」

だって、三年生の前期の期末テストは、推薦状の可否が決まる最後のテストだものね。

「ジルバルト様、一位もおめでとうございます」

直接は聞いてないけどジルバルトなら、今回のテストも一位だろう。

「うん、ありがと」

やっぱり、一位だったようだ。今日は、とてもめでたい日ね。

「お祝いをしましょう！　ジルバルト様は何がお好きですか？」

「ブレンダ」

「？」

名前を呼ばれて首をかしげる。

「ありがと。この推薦状をもらったとき、真っ先にブレンダに伝えたいって思ったんだ。だから、ブレンダに祝ってもらえて、嬉しい」

「！」

そんな風に想ってもらえるなんて、こちらこそ嬉しい。

それはきっと、私がジルバルトの「可愛い後輩」だからだろうけど。

「それでジルバルト様は、今何が食べたいですか？」

「ブレンダってさ、料理したことある？」

貴族だったら、あまりしたことがない人が多いだろうけど……。

「はい、ありますよ」

貴族時代にルドフィルと一緒にクッキーを焼いたこともあるし、平民となってからは、学園に通うまでの間に何度かした。

「じゃあ、いつかブレンダの手料理が食べたい」

「今日じゃなくて、ですか？」

「うん。いつか」

いつか、なんて曖昧過ぎる言葉をジルバルトは繰り返した。

そして子供のような顔で、小指を差し出す。

「ほら、ブレンダ」

「……わかりました」

私も小指を差し出し、ジルバルトと絡める。

「約束ね」

「はい」

大きく頷いて、そっと小指を離した。

「……ところで、ブレンダは将来の就職先、考えてる？　貴族には戻りたくないみたいだけど……」

将来の就職先。私が今考えているのは、やはり。

「研究職――特に天文塔に行きたいと考えてます」

「そっか。ボクと同じだね」

なら……、とジルバルトは続けた。

「天文塔に一度見学に行ってみるといいよ。ボクも一年のこの時期に行ったから」

「見学できるんですね。知りませんでした」

ジルバルトによると、学生証の他に成績証明書を学校で発行してもらえば、見学の許可がおりるとのことだった。

ジルバルトと寮に向かって歩きながら――今日の散歩はやめにした――私は、頭の中でまだぼんやりしていた卒業後の自分について、考えはじめていた。

翌朝。今日もいい朝だ。

カーテンを開けて部屋着に着替え、大きく伸びをする。

すると、自室の扉がノックされた。誰だろう。

「ブレンダさん」

「はーい！」

その声は、寮母さんだった。慌てて、鏡で姿を確認してから、扉を開ける。

「お届け物よ」

「ありがとうございます」

有難く封筒を受けとり、扉を閉じる。

「……あ」


学校からのものを示す封がしてあるそれを、緊張しながら丁寧に開く。

中に入っていたのはやはり、前期の成績表と書かれたものと、期末テストの結果表と書かれたものだった。

どちらから見ようかな？

悩んだ挙句、一番気になっていた、テストの結果から見ることにした。

深呼吸をして、一度目を閉じる。

「せーの！」

それから掛け声とともに、折りたたまれた結果表を開いた。

まず、最初に目に入ったのは私の名前。うん、そうね間違いなく私――ブレンダの結果表だ。

次に語学や、数学など様々な科目名とその点数が記されていく。

全科目ほぼ満点だけど、その結果は――……。

総合順位：一
「や、やったー！」

目を皿のようにして、何度も何度も総合順位と書かれた部分を見る。

何度確認しても、そこには一と書かれていた。

喜びを噛み締めながら、前期の成績表も見る。成績表は、秀を意味するA+が並んでいた。

深呼吸をして、結果表と成績表を丁寧に封筒に入れる。

そして――。

「わーい！」

ベッドにダイブした。スプリングがぎしぎしと音を立てる。

努力した結果がこうして目に見える形でわかるのは、とても嬉しかった。

しばらく、ごろごろとベッドの上を転がってから、ふと思い出した。

「そうだ、見学……」

もう、前期の成績も出てるということは、成績証明書の発行もできるということ。

今日中に、成績証明書を発行してもらって、今度、天文塔に見学に行ってみよう。

でもその前にまずは、夏期休暇の課題からよね。

ゆっくりとベッドから起き上がると、勉強机に向かい、課題を解いた。

天文塔

――そして翌朝。

昨日の夜で、夏期休暇の問題集はすべて終わった。残りの夏期休暇の課題は、芸術作品を作ることだけだ。

その芸術作品は、何か思い出に残るようなことをした後に、製作しようと考えている。

……そして、私の手には、成績証明書がある。昨日の夕方に発行してもらったものだ。

進路相談の先生に聞いたところ、見学は予約なしでできるらしい。

なので、今日、天文塔に行ってみることにした。

「……ふふ」

とっても楽しみだ！

髪の毛をもう一度丁寧に櫛で梳かしてから、自室を出た。

乗合馬車に乗って、天文塔へ。

天文塔は、国内最高峰の研究機関なだけあって、想像以上に大きかった。

「わぁ……」

乗合馬車から降りると、まるでお城のような天文塔に圧倒される。

——ここが、自分の目指している場所なんだ。

そんな場所を見学できることに、喜びと、緊張が湧き上がってくる。

「こんにちは」

「こんにちは」

しばらくその荘厳さに圧倒されていると、警備員らしき男性に声をかけられた。

「……学生さんということは、見学かね？」

「はい」

制服を着ていったので、私が生徒だとわかったのだろう。

「……ふむ。今日は見学が多いね」

男性に塔内に案内される。

「学生証と、成績証明書は、持ってきたかね？」

「はい、こちらです」

差し出すと男性は丁寧に受け取り、代わりに、臨時入塔証を渡してくれた。

「成績証明書と学生証は、帰るときに臨時入塔証と交換するきまりになっておる」

「わかりました。ありがとうございます」

「良い返事だ。ケイリー」

男性が、そう言いながらベルを鳴らすと、女性が出てきた。

「はーい」

「本日二人目の、見学じゃ。よろしく頼むよ」

「わかりました塔長」

「えっ」

塔長？　この人警備員じゃなくて、塔の最高責任者である、塔長なの⁉

驚きのあまり、ぽかん、と口を開ける。

わりと友好的だったけど、あんなフランクな感じでいいんだろうか。

「はっはっは、今回も塔長の適当さに驚いてますね！」

「ほほ、わしも驚かせるつもりはないんじゃがなぁ……」

ええ、本当に最高責任者なんだ。

驚きながらも、塔長と別れ、ケイリーさんに従い塔を見て回る。

「ごめんね、見学と行っても、実際の研究内容は見せられないんだけど……」

「いえ、とても勉強になります」

休憩スペースや、階段の壁など、いたるところに紙やペンがあるのは、思いついたことを忘れないようにするためだそうだ。

その他に驚いたことは、ビリヤード台やチェス盤など様々な遊び道具や楽器などが、エントランスだけでなく、会議室にもあったことだ。思考が煮詰まったときなどに、こういったものでリフレッシュするのだと、ケイリーさんは教えてくれた。

「あとは……、ちょっとお茶をいれてくるから、三階で待ってて」

「わかりました。ありがとうございます」

三階までいったものの、三階は明かりがついておらず、どの部屋にいればいいのか全く分からない。かといって、明かりをつけて試料などがだめになってしまったら困る——こういった研究機関では明かりに極めて弱い試料もあるのだと聞いた——ので、どうしたものかと頭を悩ませた。

「……ブレンダ」

「わっ！」

名前を囁かれたかと思うと、誰かに手を引かれ、バランスを崩して倒れこむ。

「いた……くない？」

あれ、痛くない？　思いっきりこけたはずなんだけどな。

そう思い、目を開けると——……。

暗がりの中でも新緑の瞳は、変わらず強い意思を宿していた。

「……アレクシス、殿下？」

「ブレンダ」

なんでアレクシス殿下が、ここに！

身だしなみはちゃんと整っていたかな？　髪とかはねたりしていないかな。

心の中でぐるぐると、好きな人に出会えた喜びと、緊張が交ざり合う。

あれ、でも……。

さっき私はこけたはず。それなのに痛みを感じず、目の前にアレクシス殿下のひとみがある。

もしかして、私、アレクシス殿下を下敷きにしてる⁉

冷静に状況を分析すると、そのもしかして、だった。

「も、申し訳ございません！」

慌てて上から退こうとすると、手をがしりとつかまれる。

「アレクシス殿下……？」

「──」

新緑の瞳に見つめられて、息が、できない。

どくどくと心臓が鳴って、思い知らされる。──私が、この人に恋をしているのだと。

アレクシス殿下は、私を上にのせたまま、ゆっくりと上体を起こし、そして──……。

私の手を掴んでいない、もう片方の手で、私の頬に触れた。そして、まるで慈しむように、頬を撫でられる。

「……っ！」

なんで、どうして、そんな。

疑問の言葉は声にならず、代わりに体が沸騰したように熱くなる。

――このままじゃ、だめだ。

このままだと、全てが見透かされてしまう。私が、アレクシス殿下に恋をしていることも。今、こんなにもときめいていることも。

アレクシス殿下の顔がゆっくりと近づく。その瞳に、全てを知られることを恐れた私は、ぎゅっと目を閉じた。

「あれー、見学生ちゃん、いないなー？」

ケイリーさんだ。

「！」

一気に、現実に引き戻される。

――私は、ただのブレンダで、この人は第二王子。そして、私が今ここにいるのは、将来の就職先探しのため。

私が、今度こそ、上から離れようとすると、アレクシス殿下も手を離してくれた。

「お怪我はありませんか？」

「ああ、ブレンダこそ大丈夫か？」

「はい。かばってくださり、ありがとうございます」

立ち上がって、お礼を言う。

「いや、私が急に声をかけたのが悪かったから。こちらこそ、驚かせてすまない」

アレクシス殿下がそう言ったのと、ケイリーさんの足音がぱたぱたと聞こえたのは同時だった。

「捜したよー。見学生ちゃん」

「すみません、どこで待っていたらいいのかわからなくて……」

「いやいや、こちらこそごめんね。暗くてこわかったでしょ？　ここはさ、光に弱い試料が多かったから、明かりを点けずにいてくれて助かったよ」

そう言いながら、ケイリーさんは私の隣にいるアレクシス殿下を見て、首をかしげた。

「あら、見学生くんじゃない。もしかして、案内人のジムとはぐれた？」

「はい」

「もージムってば、仕方ないなぁ」

ケイリーさんは盛大にため息をついた。

「二人とも、ついてきて」


――その後は、ケイリーさんが入れてくれた紅茶を飲みながら、給与や休日などの待遇について話した。ケイリーさんはかなり赤裸々に語ってくれて、こちらはイメージしやすかったけど、大丈夫かな。少し、心配だ。

一通り話し終えた後は、そのまま解散となったので、塔長に臨時入塔証を返却し、学生証と成績証明書を返してもらった。

「本日は、貴重なお時間をいただきありがとうございました」

「いいえ、少しでもこの天文塔のことを知ってくれたなら嬉しいよ」

「では、失礼します」

「ブレンダ」

お辞儀をして、乗合馬車に乗ろうとすると――引き留められた。

「アレクシス殿下？」

「……その。せっかくだから、どこか店で話さないか？」

緊張したように、頬をかいたアレクシス殿下に微笑んだ。

「そうですね」


アレクシス殿下が選んだのは、平民には少し高めの値段設定のお店だった。

一応お金は持ってきてるけど、足りるかな……。

頭の中で所持金を計算しつつ、メニューを開く。

……わぁお。

思わず実際に声として出そうになった心の声を、寸前で抑える。

描かれている絵からして、ケーキがとても美味しそうだ。……でも、今の私の所持金では、帰りの乗合馬車の代金が心もとなくなる。

仕方ないので、美味しそうなケーキの絵から視線をささっとそらし、代わりにコーヒーを注文する。

「ブレンダ」

「？　はい」

アレクシス殿下は、なぜか、とても眩しいものを見るような瞳をして、微笑んだ。

「私に任せて、君が食べたいものを食べればいい」

「い、いえ、そんなの申し訳なさすぎます！」

さすがにおごってもらうなんて、気が引けるし、それに、お返しを考えるのも大変だ。

慌てて首を振ると、アレクシス殿下は、さらに笑みを深くした。

「いや、そうしてくれ。そうでなければ、対価に見合わない」

「対価？」

私は、アレクシス殿下に何も渡していない。だから、対価なんて発生しないはずだけど……。

むむ、どういうことかな。

私が考え込んでいると、アレクシス殿下は、私の顔を指さした。

「ほら、私はまた、君の表情が変わるところを見られた」

「え――」

私の表情をまるで得難いもののようにいう、アレクシス殿下に戸惑う。

「……とにかく、好きなものを頼んでくれ」

なんで、どうして、という言葉は、口の中で消えた。それを言葉にして、明確に答えを貰ってしまったら、もう、何かから引き返せなくなる気がしたから。

「わかりました、ありがとうございます」

尋ねる代わりに、笑顔でお礼を言って、私は、レモンケーキを注文した。

しばらく、他愛ない話——夏期休暇の課題がどこまで進んだかなど——に花を咲かせているうちに、注文した商品が届いた。

アレクシス殿下は、マドレーヌと紅茶を頼んでいて、マドレーヌもとても美味しそうだ。

「……ところで」

私はコーヒーに口を付けた後、ずっと気になっていたことを切り出した。

「なぜ、アレクシス殿下が天文塔に？」

アレクシス殿下は、第二王子。つまり、王族だ。王族が国内最高峰の研究機関たる、天文塔を視察することは、別におかしいことじゃない。

でも、ケイリーさんは、アレクシス殿下を第二王子として扱っておらず、私と同じ見学生として扱っていた。ということは、アレクシス殿下は、生徒として天文塔を訪れたことになる。

だから、ずっと疑問に思っていた。

「ブレンダ、私は——」

アレクシス殿下は、そこで言葉を止めた。

「アレクシス殿下？」

「……いや。ブレンダ、君には様々な選択肢がある。例えば、高給取りを目指すなら、天文塔に就職するのもいいだろうし、侍女として王城に勤めてもいい。学園の教師になるのもいいだろう」

研究職しか考えていなかったので、教師や侍女という選択肢があったことに気づかなかった。

驚きながらも、続きに耳を傾ける。

「誰かを支えることを選ぶなら、結婚する、というのもまた、一つの道だろう」

……結婚、かぁ。元婚約者のアレクシス殿下にそれを言われると、感慨深い。

「ブレンダの数多くある選択肢の一つである天文塔を、私も見ておくべきだと思ったんだ。それに、私だってもしかしたら天文塔で働く未来や研究職に就く未来もあるかもしれない。まぁ、ほとんどの場合は、第二王子として王太子の兄上を支え、公務を続ける未来だと思うが」

「……アレクシス殿下」

第二王子のアレクシス殿下が、天文塔で働く。そんな未来はほとんどなさそうだけど。私が平民になったことを、まだ気にしてくれているのだろう。

「ありがとうございます。でも、もうお気遣いなさらないでください」

今の私は、とても自由だし、それに今の私が一番好きだ。

そのことを伝えると、アレクシス殿下は、困ったように眉を下げて、何かを言いかけ――そしてやめた。

「……わかった」

――その後は、黙々とケーキやマドレーヌを食べ進めた。

お店を出た後、学園まで送る、と言ってくれたアレクシス殿下をやんわりと断り、礼をする。

「今日は、ありがとうございました。ケーキもごちそうになってしまって……」

「気にしないでくれ、私がブレンダに食べてほしかったんだ」

「……ありがとうございます。では、よい夏期休暇を」

そう言って、乗合馬車に乗り込んだ。

女子寮のおひとりさま

「……はぁ」

自室にやっと戻って来た。

乗合馬車に乗っている間、私の将来の選択肢について、考えていた。

それなりの生活水準を維持しようと思ったら、やっぱり研究職だと考えていたけれど。それだけが全てじゃなかった。

もちろん、天文塔はとても良かった。見学してみて、雰囲気も良いなと思ったし、待遇も良い。

……でも。

他も考えた上で選ぶのと、他を考えずに選ぶのとではその選択に後悔が生じる割合がかなり違うと思う。

それを気づかせてくれたのは、アレクシス殿下だ。

例えば、王城で侍女の一人として働くのだって、高給が確約されている。王城なので、雇用条件も確実にいいし、周囲からも羨まれる職だろう。その分、狭き門だろうけれど。

元公爵令嬢として、礼節は一通り学んでいるし、それこそ臣下として、アレクシス殿下――好きな人の近くで働けるかもしれない。

「将来、かぁ……」

まだ一年生だから、という言い訳はできない。私は一年生だけど、平民で、戸籍上は家族がいない。だから、私自身のことをしっかりと考えていかなくちゃ。


――朝になった。昨夜は悩んでいるうちに、眠ってしまった。

気持ちを切り替えて、今日も一日頑張ろう！

「……何をしようかな？」

現在、女子寮にいるのは私と寮母さんだけなのだ。

だったら……せっかくのおひとりさま――正確にはおふたりさまだけど――を満喫しないと損じゃない？

「よし！」

そうと決まれば、寮母さんのところに行ってみよう。

「おはようございます」

「あら、ブレンダさん。おはよう」

寮母さんは私に気づくと、花壇に水をやっていた手を止め、顔を上げた。

「私も、一緒に水やりをしてもいいですか？」

「まぁ、手伝ってくれるの？　ありがたいわ」

ジョウロに水を入れて、花にかける。

日差しに照らされた花は、水の雫できらきらと輝いていて、とても綺麗だ。

水やりをしながら、寮母さんとお話しする。

「困っていることはありませんか？」

「そうねぇ……。一番気になっているのは、この寮の外観ね」

寮の中はみんな丁寧に使っているから綺麗だけど、外壁の劣化――特に汚れをどうにかしたい、と寮母さんは話していた。

「……なるほど」

確かに外壁を見てみると、かなり汚れている。でも、寮母さんは最近、腰を痛めていた。はしごにのぼったり、長時間ブラシでこすったりすることが必要な外壁掃除は、手を出しづらいのだろう。

「わかりました！　お任せください」

「ブレンダさん？」

「お掃除道具を貸していただけたら、すぐに取り掛かります」

でも……、と悩んでいる寮母さんを説得させるべく、言葉を重ねる。

「いつも、寮を管理してくださり、ありがとうございます。いつもお世話になっている一員として、手伝わせてください」

「……わかったわ。くれぐれも無理はしないでね」

やった、許可が出たわ！

喜びながら大きく頷いた。

「じゃあ、掃除道具をとってくるわね」

「私も場所を憶えたいので、ついていってもいいですか？」

もちろんよ、と頷いてくれた寮母さんにお礼を言って、掃除用具入れの場所を教えてもらう。

掃除用具入れは、寮母さんの部屋の隣だった。

「そうね……必要なのは、ブラシとホースと、洗剤と……はしごかしら」

「ありがとうございます！」

掃除道具を受けとり、やる気満々のまま掃除を開始しようとして――。

「ブレンダさん」

「？　はい」

「可愛らしいお洋服が汚れたら大変よ」

そう言って寮母さんが作業着を貸してくれた。

ありがたくその作業着を受けとり、自室で着替えてから、いざ、掃除へ。

外壁といってもそこまで高所は汚れていないのと、さすがに怖いので、はしごで届く範囲内で綺麗にすることにした。

洗剤をブラシに付けて、優しくこすっていく。

「……おおー！」

最初はあんまり効果がないように思えたけれど、徐々に、汚れが薄くなっていくのがわかり、とても楽しい。

はしご――そこまで高くはない――をおりたり、あがったりを繰り返しながら、こする。

外は暑いので、適度に水分補給をはさみつつ、二時間くらいこすっていくといい感じになってきた。

「よーし」

こんなものかな。最後の仕上げだ。

ホースを蛇口につけて、水を出し、それを壁に吹き付ける。

「わぁー」

泡や汚れを含んだ黒い水が壁からながれ、綺麗な真っ白い外壁があらわになる。

すごい。眩しいほどの真っ白だ。

蛇口をひねった後、まだその白さに見入っていると、寮母さんに声をかけられた。

「ブレンダさん」

「はい」

「ありがとう。お礼もかねて、クッキーを焼いたのよ。食べましょう」

「！　ありがとうございます」

わーい。おひとりさまを満喫したかっただけで、特に見返りを期待してたわけじゃないけど。

すごく、嬉しい。

喜んで、道具を片付け、作業着からいつもの服に着替えて、寮母さんの部屋に入る。

バターの香ばしいにおいがした。

「！」

そのにおいをかぐと同時に、私のお腹の虫もなった。

少し、気恥ずかしく思っていると、寮母さんが優しく笑っていた。

「……ブレンダさんは、本当に素直ねぇ」

「そうですか？」

感情を殺すのをやめた、という意味では素直なのかもしれない。

「ええ」

勧められた椅子に座りながら、寮母さんが焼いてくれたクッキーをつまむ。

「わ、とても美味しいです」

ルドフィルがいつも焼くクッキーも美味しいけれど。寮母さんのクッキーは、それよりも、素朴な味わいだった。とても美味しい。

「良かったわぁ」

寮母さんは、微笑みながら、冷たいレモンティーに口をつけた。

「最初は、心配だったの。あなたが周囲となじめるか」

「……はい」

私は、元貴族で現平民というやっかいな立ち位置だ。

「でも、あなたはすぐに周囲と打ち解けられて、良かったわぁ。私は何年も寮母をしてきたけれど……特待生で平民の子は、かなり個性あふれる子が多くてねぇ、貴族の子と衝突することも少なくなかったのよ」

……なるほど。もしかしたら成績が下降したら、特待生から外され、この学園から去らなければならない、というプレッシャーもあり、周囲に気を遣う余裕もなかったのかも。

私も周囲と衝突しないとも限らないし、気をつけよう。

「でも、あなたは、身にまとう雰囲気が柔らかいから、きっと大丈夫ね」

そう言って、寮母さんは微笑んだ。

「ありがとうございます」

――その後もしばらく和やかにお茶をして、解散した。


「うーん」

まだ、お昼を少し過ぎたくらいだ。

つまり、まだ一日の活動時間を終えるまで、時間がある。

どうしようかな？

「あ、そうだわ！」

そういえば、以前街歩きをしたときに、型抜きをして、ちょっとしたお小遣い稼ぎになったのよね。

今日も、型抜きはやっているかしら。

型抜きはやっていなくても、一人で出かけるのは、それはそれで楽しい。

だから、とりあえず、街に出てみよう。

そう決めて、街に出る。

街は以前よりも活気に満ち溢れている気がした。夏だからかな。

季節の果物や野菜、パンや、お菓子など様々なものが露店で売られている。

でも、私のお目当ては――。

「あっ、水色髪のおねーさんだ！」

型抜きのお店がある場所を探していると、声をかけられた。

「あなたはたしか……」

以前、型抜きを見せた際に、マーガレットを一輪くれた子だ。

「憶えててくれたんだね！　ジェイだよ」

「そう、ジェイくんね」

ジェイは、ぴょん、とはねると私の袖を引っ張った。

「ねぇ、おねえさん、またあの型抜きを見せてよ。僕たち何度も挑戦してるのに、ちっともこの国の紋章が抜けないんだ」

「……ふふ、わかったわ」

相変わらずの元気の良さに笑いながら、引っ張られた方向へ行く。すると、以前も訪れた露店がみえてきた。

「よう、ボウズ。今日も、紋章をくり抜きに来たのか？」

「おじさん、今日は、強力な助っ人がいるからね」

店主に向かって、私を指さすと、ジェイはふふん、と得意げな顔をした。

「おや、お嬢さんは……この前、賞金を巻き上げたお嬢さんじゃないか！」

店主は、これは困ったな、といいながら、あまり困ってなさそうな顔だった。

「今回は、古代の隣国の紋章もあるよ。この国の今の紋章よりも複雑だが……」

挑戦してみる？　と楽しそうに尋ねられたので、もちろん、と微笑んだ。

「まいどあり――」

代金を払って、型抜きのお菓子を貰った。賞金倍率をみると、やはりこの隣国の紋章が一番高い。

「今まで、成功したやつはいないよ」

「そうなんですね」

「でも、おねえさんなら、きっとできるよ！」

ジェイの言葉に励まされながら、型をくり抜いていく。古代の隣国の紋章は、曲線が多く、なるほど、これは難しい。

でも、貴族時代に培った針捌きは、伊達じゃない。

私は、慎重に時間をかけながら、針でくり抜いた。

うーん、欠けはないように見えるけど、どうかな。

そう思いながら、店主にくり抜いた、お菓子を渡す。

「むむ……」

店主はそれをうけとり、じっくりと眺め、震える手で、ハンドベルを鳴らした。

「お見事！」

やった、やったわー。

「これなら、成功しないんじゃないかとおもったんだが……」

そうため息をつきながら、店主が賞金を渡してくれる。

「ありがとうございます！」

笑顔でそれを受けとっていると、ジェイも一緒に喜んでくれた。

「すっごーい」

「ふふ、ありがとう」

その後も、ハンドベルの音につられた客に型抜きを見せてほしいと言われ、見せると、何人かから お小遣いを貰った。

「次はもっとむずかしい型を用意して待ってるよ」

「はい。楽しみにしてますね」

その後も、街の人やジェイと交流しているうちに、夕暮れになった。

「はい、おねーさん」

ジェイはどこに隠し持っていたのか、百合を一輪くれた。

「ありがとう」

「ううん。こちらこそ、いいものみせてくれて、ありがとう」

そう言って、かけていく後ろ姿を見送る。そういえば、ジェイは、どこに住んでいるんだろう。

平民よりも身なりが良いし、言葉の発音がきれいだ。

それに少し遠くで、ジェイのことを見ていた、誰かの護衛らしき格好の人もいた。

だからどこかの貴族の子どもが家を抜け出してきたのかと思っていたけれど、今日もそのことを聞きそびれてしまった。

「まぁ、いいか」

また今度、会えたら聞いてみよう。そう決めて、女子寮に戻った。


——翌朝。女子寮の自室で、勉強をしていると、扉がノックされた。

「ブレンダさん、お客様よ」

お客様？　誰だろう。寮母さんにお礼を言って、寮の応接室へ向かう。

応接室にいたのは、ルドフィル。そして……。

「リヒトお兄——」

「ブレンダ!!!!!!」

「ぐ、くるし……」

兄だった。兄に勢いよくぎゅうぎゅうと苦しいほど抱きしめられ、戸惑う。

今までこんなに、熱い抱擁をされた覚えがない。

……っていうか、このままだと、窒息死してしまう。

「リヒトくん、ブレンダが潰れてしまうよ」

助け舟を出してくれたのは、ルドフィルだった。

「え、そう？　ごめん、ごめん」

その言葉と共に、圧がふっとやわらぎ、ようやくまともに息ができる。

「ふ、はぁー」

……死ぬかと思った。

「ごめんね、ブレンダ。大丈夫？」

心配そうに見つめる金の瞳は、父とそっくりだ。でも、父が私に向けていたものよりも、ずっと
ずっと優しいそれに泣きたくなる。

「……リヒト様、どうしてここに――」

「リヒト様、なんて他人行儀はやめてよ。俺とブレンダはたった二人の兄妹じゃない」

でも、私はもう、公爵家を出た人間だ。戸籍上は、赤の他人ということになっている。

「……ですが」

「ブレンダ」

兄は、私の肩に手を置き、真っすぐに私を見つめた。

「スコット公爵家に――いや。俺たちの家に、帰っておいで」

兄の話

「え――……」

兄の言葉を頭の中で反芻《はんすう》する。スコット公爵家に、私が、帰る？

「もう、あの家に私の居場所は――」

「居場所ならある。俺が……継いだんだ。爵位も家も全部」

兄が、公爵家を……。ということは、目の前にいるのは、スコット公爵閣下ということになる。

「それは、おめでとうございます」

「ありがと。だから、ブレンダ、帰っておいで。あのクソ――……父は、もうあの家にはいないよ」

――心の病気をずっと患っていたからね、領地で療養してもらうことにしたんだ。

すっきりとした笑顔で、すごいことを言う。

「ええと、リヒトさ……リヒトお兄様」

視線が怖かったので言い直すと、兄は機嫌よさげに首をかしげた。

「うん、どうしたの？」

「リヒトお兄様は、私のことを疎まれていたのでは？」

そう、兄は私のことを嫌っていたはずだ。だって、兄が学園に行ってから――私は何度か手紙を書いたけれど、その返事が返ってくることは一度もなかった。

「ええっ、そんなはずないよ。お母様にも言われただろう？　俺たちは、たった二人の兄妹だから、ずっとずっと仲良くしてねって」

……そうだ。確かにお母様は、そう言っていた。……でも。

「だったらなんで、手紙の返事が――」

「そうだ！　ブレンダ、手紙！」

兄は、私の言葉を最後まで聞かずに、分厚い包みを取り出した。

「はい、ブレンダ。……やっと、渡せた」

「え？」

よくみるとその包みは、何十通――何百通もの手紙の束だった。

「俺もね、ブレンダに手紙を出してたんだ。でも、届いてなかったんだね」

話を聞くと、兄から私に宛てた手紙は全て、父が私の手に渡らないようにしていたようだった。

私から兄に宛てた手紙もすべて使用人から父へと渡っていたらしい。

「だからね、これはブレンダに会えなかった三年分の俺からの愛」

「リヒトお兄様……」

「……と、これは、ブレンダが俺に書いてくれた手紙の返事だよ。あいつに止められてたの、気づかなくてごめんね」

兄はまた封筒を私に手渡した。一つ一つ厚みがあるそれを、大切に受け取る。

「ブレンダ、俺のたった一人の可愛い妹」

兄は再び私をぎゅっと、抱きしめた。今度は、苦しくないよう配慮された強さだ。

「リヒトお兄様……」

温かい、兄の温度。その温度に身をゆだねる。

「迎えに来るのが、遅くなってごめんね」

柔らかな声でそう言われたとき、心の中で糸がゆっくりと解けた。

「……う」

「うん、ごめんね」

嗚咽が、漏れる。必死に、抑えようとすると、兄は我慢しなくていいんだよ、と言ってくれた。

「っう……、うう」

「愛してるよ。俺の妹」

――その言葉は雨のように、心の中に染み込んだ。


「落ち着いたかな？」

兄の言葉に頷く。幼子のようにないてしまって、恥ずかしい。

「でも、本当に感情を表に出すようになったんだね。……ルドフィルから聞いていたけど、驚いた」

「はい」

頷いてようやく――ルドフィルの存在を思い出した。

「二人のわだかまりが解けたなら、良かったよ」

「ところでどうして、ルドフィルが？」

私がそう尋ねると、兄は、恥ずかしそうな顔をした。

「ブレンダに久々に会うのに一人だと緊張するってリヒトくんが」

「そうなんですか？」

ルドフィルの言葉に意外に思いながら、尋ねると、兄は頷いた。

「……うん。そう」

「まぁ、この様子だと僕はいらなかったけどね」

「そんなことないよ。ルドフィルがいてくれたから、リヒトお兄様に潰されずにすんだんだもの。だから、ありがとう。ルドフィル」

私の言葉に、兄は目を丸くした。

「ほんとだ。ルドフィルへの態度もほんとに昔のブレンダだ。ブレンダー！」

「ぐっ！」

思いっきり抱きしめられて、また息が出来ない。

「……リヒトくん」

ルドフィルが苦笑しながら、私と兄を引き離してくれた。

「ごめん、ごめん。……と、本題を忘れてた」

「本題、ですか？」

さっき兄がいっていた、公爵家に帰ってこい、というのが本題ではないのだろうか。

そう思い首をかしげると、兄は、優しく私の頭に手を置いた。

「ねぇ、ブレンダ」

「？　はい」

「俺はね——お前にかけられた呪いを解きに来たんだよ」

呪い——私にかけられているもの。それは……。

「ブレンダ、お前の呪いを解く前に。まずは一人の男の話を、しようか」

◇◇◇

俺は、お前も知っての通り、リヒト・スコット——スコット公爵家の長男として生を享けた。

そんな俺は、恋、というものが大嫌いだった。きっかけは、お前もよく知る、クソ父のせいだ。

学園在学中に、婚約者をつくる貴族が多い中、俺は無理だろうな、と思っていた。

俺は、恋というものが嫌いだし、愛も恋の先にあるものだと聞くと、なんだか信じられない。そんな気持ちだった。

そんな俺は当然、学園で女子をさけまくった。最初は、公爵家の長男という地位に目が眩んでいた女子たちも、次第に、興味を失っていった。

だけどそんな俺に、一人の女子生徒が声をかけてきたんだ。

彼女の名前はシーナという。シーナは、ダンスパーティーでどうしても俺と踊りたいのだと誘ってくれたんだ。

まぁ、踊るくらいなら。

そう了承した俺に眩しいほどの笑顔で、ありがとう、とシーナは笑った。

――それからもシーナは何かと俺を誘い続けた。一緒にご飯を食べよう、だとか、一緒に帰ろう、だとか。

そのひとつひとつをしぶしぶ了承していたが、いつの間にか、シーナの誘いを心待ちにしている自分に気づいた。

でも、ありえない。そんなこと、ありえていいはずがない。

だって、この想いは――いつか誰かを傷つける。あのクソ父のように。

そうやって怯えて、シーナを遠ざけた日もあった。

でも、シーナはそんな俺をいつまでも待っていてくれたんだ。

そして、気づいた。俺は、いつまでもこのままでいいのかって。

クソ父にかけられた、呪いをそのまま抱えて生きていくのは、もうごめんだ。

だから、俺は、シーナに告白し、シーナもそれを受け入れてくれたんだ。

◇◇◇

「……そうして、俺とシーナは婚約者同士になったんだ。ありていにいえば、俺は恋をしたんだ」

「リヒトお兄様が、恋を……」

呆然と、兄を見つめる。兄も、父の恋に巻き込まれた被害者だった。

そんな兄が恋をするなんて、思ってもみなかった。

「うん、そう。恋したんだ、俺」

兄は、そう言って首をかしげた。

「ブレンダは、恋をしてる？」

「……はい」

私の言葉に、それはいいことだね、と兄は微笑んだ。

「でも、恋をしている自分に、恐れもある？」

「……はい」

「うん。俺たちは恋が怖い。でも、恋をした。俺はね、この見た目からわかるように、ブレンダよりもあのクソ父の血を濃く継いでる……と思う」

少なくとも兄の外見……金髪金瞳は、父譲りだ。

「でもね、俺たちには理性がある。それが、あのクソ父と違うところだ。だからね、ブレンダ」

兄は、そこで一度言葉を切り、じっと私を見つめた。

「恋に狂うかなんて、自分をどれだけ強くもっているかなんだ。――俺もブレンダも自分をしっかり持ってる。それに、クソ父みたいになりたくないとも思ってる。だから、俺たちは大丈夫だよ」

「……自分をどれだけ強く持っているか」

兄の言葉を反芻する。その言葉は、私の中にしっかりと刻まれた。

「うん」

……なんだか、肩の力がふっと軽くなった気がする。

そう、兄に伝えると、兄は微笑んだ。

「うん、きっと呪いがとけたってことだよ。ところで」

何だろう。

「公爵邸に、貴族籍に、戻ってくるよね？」

「ええと……」

そういえば、兄の恋や呪いの話に集中しすぎてそれをすっかり忘れていた。

……どうしよう。

「ブレンダは、突然のことで驚いているだろうし、その返事はまた今度でいいんじゃないかな」

ルドフィルの助け舟に有難く頷く。

「そうさせていただけますか？」

「わかったよ」

兄が頷いてくれたのを確認して、ほっと息をつく。

「ところで、ブレンダ」

「どうしたの、ルドフィル？」

私が首をかしげると、ルドフィルは微笑んだ。

「僕とデートしない？　呪いも無事にとけたことだし」

「ひゅうー、ルドフィルやるね」

からかいの言葉を述べた兄を一睨みして、ルドフィルに向き直った。

私は、アレクシス殿下に恋をしている。でも、その気持ちと同じように、ルドフィルとも向き合おうと決めていた。

「もちろん」

大きく頷いて見せると、ルドフィルはほっとした顔をした。

「じゃあ、ブレンダ。行こうか」


ルドフィルにエスコートされながら、街を歩く。

「……ブレンダ」

名前を呼ばれて顔を上げると、ルドフィルが柔らかく笑った。

「悩み事がある顔だね。……公爵家に戻るかどうか以外のこともありそうだ」

「どうしてわかったの⁉」

私が思わず大きく目を見開くと、ルドフィルは得意げに言った。

「わかるよ。だって、僕は——」

君の従兄だもの。そう続けると思ったが、その予想は、覆された。

「君に恋をしてるもの」

「ルド……!」

ルドフィル、と名前を呼ぼうとして、声にならなかった。

「ふふ、ブレンダったら、照れてるね」

可愛い、と微笑む姿は甘々だ。

——そうだった。すっかり忘れていた。

夏期休暇に入って、ルドフィルと登校することがなかったから、忘れていたけど。

最近のルドフィルは、『こう』だった。

「な、な、な……」

久しぶりで耐性がすっかり無くなってしまった私に、ルドフィルは追い打ちをかける。

「ブレンダ、大好きだよ」

「！」

頬が熱い。おそらく、私の頬は、りんごのように赤く染まっていることだろう。

「……参りました」

素直に降参するとルドフィルは、じゃあ、今日はここまでねと笑った。

「ところで、ブレンダ」

ルドフィルはすっかりいつもの調子だ。

温度差についていけずに、風邪をひきそう……。

「……うん」

「悩み事のことだけど、あんまり考えすぎも良くないよ」

確かに、そうかもしれない。

いや、でも将来のことは、しっかり考えないと。

「ほーら、また眉間に皺が寄ってる」

ルドフィルは手でぐりぐりと、私の眉間の皺をのばした。

「また？」

さっきもこんな顔してたかな。

「うん。街に来るまでの間も、何度か眉間に皺が寄ってたよ」

……そうなんだ。気づかなかった。――というか。

「ごめんなさい。せっかくルドフィルとの時間なのに」

深く反省しながら謝ると、ルドフィルは、首を振った。

「ううん。怒ってないよ。ただ――」

ただ、なんだろう。

「ただ、ブレンダが疲れてないか心配になっただけだよ」

「……ルドフィル」

ルドフィルの表情は本当に心配しているときのものだった。

「ブレンダにとって、今日はとても大きな一日だったでしょう？」

「……そうですね」

兄がやってきて、公爵邸に帰ってこいっていわれて。兄に手紙が届いてなかったことも、兄が私に手紙を書いていてくれたことも初めて知った。

「だから、気分転換が必要かなって。もちろん、ブレンダとデートしたかったのは本心だけど」

「ありがとう」

ルドフィルは私のことを考えてくれたんだ。

その気遣いが、とても嬉しかった。

「あ、丁度ついたね」

ルドフィルは歩みを止めると、行列を指さした。

「ここの氷菓子が有名なんだ。だから、ブレンダと食べたくて」

「わぁ、確かに美味しそう」

看板によると、その行列の先で売っているのはシャーベットのようだった。

すれ違うお客さんみんな、幸せそうな顔をして、シャーベットを口に運んでいる。

「買ってくるから、ブレンダはあの木の陰で待っててくれる？」

「でも——」

暑いのはルドフィルも一緒だし、ルドフィルだけに並ばせるのは申し訳ない。

「ううん、大丈夫だよ」

ルドフィルのその顔は、絶対にゆずらないときの顔だった。

なので、諦めてお礼を言う。

「……ありがとう、ルドフィル」

大きく頷いて列に並んだルドフィルを見届けて、木陰に行く。木陰は思った以上に涼しかった。

ぼんやりしながら、列を眺める。

わりと、回転率は良いようで、すぐに次のお客さんの番になっていく。

「……そこのおねーさん」

なるほど、味は、いちごや桃のような果物の他に、チョコレートもあるのね。


「おねーさん？」

トッピングにもいろいろあるみたいだ。私が一番好きなのは――。

「おねーさんってば！」

「⁉」

急に手を掴まれ、意識がシャーベットから、周囲に向く。

私の目の前には、大きな男性が立っていた。

「……あの？」

この人は、私に何か用事だろうか。そうは見えなかったけど、この木の下は私有地だとか？

「やっとこっちむいたね、おねーさん」

「ええと……」

にたにたと笑うその姿は、どこか不気味だ。

「良かったら、オレと――だっ！」

私を掴んでいた手がぱっと離される。

「悪いね、その子は僕の連れなんだ」

「ルドフィル?」

「……なんだ、お前! 優男のくせに力が……いっ!」

ルドフィルがその男性の手をひねり上げていた。

男性は、ルドフィルを一睨みすると、舌打ちして、どこかへ去っていった。

「……ブレンダ、大丈夫? 怪我はない?」

「う、うん。私はどこも——ルドフィル?」

ルドフィルは、とても落ち込んでいた。

「ごめんね、ブレンダを一人にして」

もしかして、さっきの男性に絡まれたのが、自分のせいだと思ってる……?

「ううん。変な人に絡まれたのは、ぼんやりしてた私が悪かったの。……だから、助けてくれてありがとう」

「……ブレンダ」

ルドフィルは表情を和らげ、手に持っていた袋を見せた。

「買ってきたから、近くのベンチで食べようか」

「うん!」

ベンチに座ろうとすると、ルドフィルがハンカチを広げてくれた。

「ルドフィルは、本当に優しいね」

「誰にでも優しいわけじゃないよ。ブレンダだけ」

「！　ルドフィル！」

恥ずかしさのあまり、じとりとルドフィルを睨んだけど、ルドフィルには全く効果がなかった。

「ほら、食べよう。それとも、食べさせてほしい？」

「！　自分で！　食べます！」

そういって、差し出されたシャーベットを、受けとる。

シャーベットは、チョコレート味にナッツのトッピングがされてあった。

「わぁ、一番食べたかった組み合わせだわ。ありがとう、ルドフィル」

「どういたしまして」

ルドフィルは桃味に、フルーツソースをトッピングしていた。それは、それで美味しそうだ。

シャーベットを付属のスプーンで口に運ぶ。

「んー！」

チョコレートの甘みとナッツの香ばしさが合わさってとっても美味しい。

「美味しそうだね」

「うん、冷たくて美味しい！」

「それは良かった」

そう言いながら、ルドフィルも口に運ぶ。

「ん、たしかにこれは美味しいね」

「うん。とっても美味しい」

二人で美味しい、と言いながら、シャーベットを食べ進めた。

――その後は、花をモチーフにしたアクセサリーを扱っている露店に行ったり、街を散策したりして楽しい時間を過ごし、ルドフィルが門まで送ってくれた。

「ルドフィル、今日はありがとう。シャーベットもとっても美味しかったわ」

「ううん、こちらこそ。とても楽しい時間だったよ」

ルドフィルにもう一度お礼を言って、手を振る。

「じゃあ、おやすみなさい」

「うん。おやすみ」

大親友の家

目まぐるしい一日が終わった翌日。ミランに手紙を出した。

近況報告といつでも大丈夫なので、ミランの実家に訪れたいということを、書いた。

ミランからの返事がいつ返ってくるかわからないから、それまでは――何をしようかな。

芸術作品も、まだこれといって、これぞ夏期休暇ということをしていないから、まだ作製できないし。

「うーん」

もう少し、寮の外壁や窓をピカピカに磨いてみようかな。

……うん、そうしよう。

そうと決まれば、まずは許可取りだ。

寮母さんに聞くと、あっさりと了承が取れたので、頭に三角巾をつけて、窓磨きから始める。

「ふんふふーん」

鼻歌を歌いながら、リズムに合わせてきゅっきゅと、磨く。

端から見れば不審者かもしれないけど、何といっても今の私はおひとりさまなのだ。誰に憚ることもない。

……うん、だいぶ綺麗になったわね。次は、外壁を……。

「ブレンダさん。お手紙が届いているわ」

雑巾や、バケツの水を片付けながら、外壁掃除の準備に取り組もうとしていると、寮母さんに話しかけられた。

「手紙ですか。ありがとうございます」

慌てて手を綺麗にして、手紙を受け取る。

誰からだろう。ミランには今朝出したばかりだし……。

「え、ミラン様!?」

早くない⁉　嬉しいけれども。それとも、丁度私の手紙と行き違いになったのだろうか。

驚きながらも、手紙の封を開けてみる。

ミランからの手紙の内容は――。

「今日、迎えにいく……」

荷物は、いつでも行けるようにもう纏めてあるから問題ない。

でもあれ、それにこの手紙、消印がない。それなのに、手紙が届いたって、ことは――……。

「ブレンダさん！」

後ろから誰かに抱き着かれた。この声は……。

「ミラン様⁉」

「ふふ、正解よ」

ミランは、体を離すと、嬉しそうに微笑んだ。

「ブレンダさんから手紙が届いてすぐ、早く会いたくて、来ちゃったの」

「！！！」

私があまりの嬉しさに固まっていると、ミランは不安そうな顔をした。

「ご迷惑、だった？」

「いえ、全く！」

思わず、ぶんぶんと首を振る。

「とても嬉しいです！」

「本当に？」

「はい！」

それなら良かった、と笑ったミランに微笑み返して、外壁を磨こうとしていた道具を片付ける。

「あら、ブレンダさん。その道具……」

私が持っていたバケツに気づいたようだ。

「そういえば、外壁も窓も綺麗だわって、思ったの！　ブレンダさんのおかげだったのね！」

「……はい」

頑張った。掃除自体は苦じゃないし、それにみんなが喜んでくれるかなって。

「ありがとう、ブレンダさん！　すごいわ」

……でもこうして実際に喜んでもらえるのは、想像以上にとても嬉しい。

「いえ、こちらこそありがとうございます。頑張ったかいがありました」

「きっと夏期休暇が終わったら、他のみんなも驚くわ！」

……そうかな。そうだといいな。

その後もミランは綺麗になった寮を絶賛しながら、道具の片づけを手伝ってくれた。

「ありがとうございます」

「いいえ、このくらい当然よ。……ところで」

なんだろう。

「ブレンダさん、準備はもうできているかしら？　私が急に来てしまったものだから……」

「はい、大丈夫ですよ」

私の返事に顔を明るくしたミランは、とっても可愛かった。

「じゃあ、行きましょう！」

「はい、荷物を持ってきますね」


——ミランの実家に行く、馬車の中。

「……そうなの。ブレンダさんはお兄様と仲直りが出来たのね」

「はい」

手紙に書いたものよりももっと詳しい近況を——兄が迎えに来てくれた話など——話していると、ミランが羨ましそうな顔をした。

どうしたんだろう。ミランには確か弟がいるはずだ。ミランも兄が欲しかったのかな？

そんなことを考えながら、首をかしげる。

「……ミラン様？」

「あっ、いえ、なんでもないの——いいえ」

ミランは、一度、会話を打ち切ろうとして、それから首をふった。

「聞いてくださる？　私の家族の話を」

「もちろんです」

私が大きく頷くと、ミランはふっと瞼を伏せた。

「……あまり楽しい話でも珍しい話でもないかもしれないけれど」

「――ミラン様」

ぎゅっとミランの手を握る。そしてまっすぐミランを見つめた。

「私は聞きたいです。ミラン様のどんな話でも」

「……ふふ。ありがとう、ブレンダさん」

ミランは小さく笑うと、細く長い息を吐きだす。

――そして、ゆっくりと話し出した。ミランの家族の話を。

◇◇◇

私は――ブレンダさんもご存じの通り――カトラール侯爵家の長女として、生まれたの。

優しい母に、厳しいけれど時折甘やかしてくれる父。

そして、貴族の……政略結婚ではあったけれど、相思相愛な二人の間に生まれた私は、二人に愛されて育っていた。

とても、とても幸せな時間だったわ。

――けれどその幸せな時間は、終わってしまった。

母が、病気で亡くなったの。

母を失った私と父はとても悲しんだ。

それはそうよね。父と母はどう見ても愛し合っていたし。

でもね、その一年後、父は再婚したの。

我が家は侯爵家で、まだ跡取りもいない。だから、いつか再婚が必要だってことは理解してた。

でも早すぎる再婚にとまどう私をよそに、父と新たな母――お義母様は、愛を育んだ。

誤解しないでほしいのだけれど――お義母様は父が選んだ人なだけあって、決して悪い人ではないの。むしろ、優しい人だとも思うわ。

……どこまで話したかしら。

ああ、そうそれで――、愛を育んだ二人の間には子供ができたの。

子供……弟はとても可愛くて。私なりに、可愛がってきたつもり。

だけど、あの子は……マインは私のことが嫌いなんだと思うわ。私は、マインの大好きなお義母様の血を受け継いでいないし、いつも、いい子なのに私にだけ悪戯をするの。

だから、お兄様と仲良しなあなたが羨ましいって思ったのよ。

それに、私は見ての通り黒髪で赤目で……、私を生んでくれた母の特徴を受け継いだことが誇りだったはずなのに。家にいると、この見た目が嫌になるの。

マインも父もお義母様もみんな茶髪で青目なのに、私だけ違うから。

でも、本当はそうやって思う自分も嫌になる。

もう、十六にもなったのに、未だに母に縋り付いて、置いていかないでと夢をみることも。

そんな夢をみるほど大好きな母の見た目を疎んでしまう、弱い私も。

「……なるほど、そんな事情があったんですね」

「ええ。聞いてくれて、ありがとう。ブレンダさん」

私は、握っていた手に込める力を強くした。

「いいえ、こちらこそ話してくださりありがとうございます」

ミランのことをより深く知られて、とても嬉しい。

◇◇◇

……と、丁度そこで馬車が止まった。

御者に扉を開けてもらい、馬車から降りる。

一足先に馬車を降りたミランは、微笑んだ。

「ようこそ、カトラール家へ」


ミランの実家である侯爵邸は、庭も綺麗だった。様々な季節の花が咲き誇るそれは、現女主人であるミランの義母の趣味なのだという。

「綺麗ですね」

「ええ。私もこの庭が好きなの」

ミランの横顔は、本当に好きなものを愛でる時の顔だった。

「噴水もあるのよ」

「噴水もあるのですか！」

私の母も噴水が好きだった。だから、かつての公爵邸にもあった。だけど、母が亡くなった時に、父によって撤去されてしまったけれど。

そんなことを考えながら、ミランに案内されて、噴水へ。

噴水の水は澄み切っていて、濁りがなく、よく手入れされていることがわかる。

「わぁ！　涼しいですね」

「ええ。とっても気持ちがいいわよね」

ぼんやりと、噴水にまつわる記憶を思い出しながら、その横を通る。

「ほら、ここよ」

噴水から少し歩くと、ミランの家である侯爵邸の本邸についた。

「ここで、ミラン様は生まれ育ったんですね」

ミランの幼少期に思いをはせる。ミランはライバル視されていた頃から、利発さで有名だった。でも、そんなミランも幼い頃は、この邸で駆け回るようなことをしていたのかな……。

「ええ。小さい頃は割とお父様たちを手こずらせたみたいよ。……かくれんぼが得意だったの」

「そうなんですね！」

この広い邸は確かに、隠れがいがありそうだ。

……そんな幼少期の思い出に花を咲かせていると、ふと、ミランがこちらを向いた。

「手紙にも書いたけれど、今この邸にいるのは、私とマインと使用人が何人か……だから、父やお義母様のことは気にしなくていいわ」

「はい」

現在の夫妻は、仕事や社交の都合上この侯爵邸ではなく、王都の侯爵邸にいるそうだ。

「あっ、ミラン様」

……せっかく買ったのに、すっかり忘れていたわ。

ミランに向きなおる。

「どうしたの？」

荷物の中から包みを取り出すと、ミランに渡した。

「これ、クッキーの詰め合わせです。ミラン様、お家にご招待くださり、ありがとうございます」

手土産に買ったのは、王室御用達のクッキーだ。

ルドフィルと街を散策したときに、買っておいたのだ。

「まぁ、嬉しいわ。あとで一緒に食べましょう。それから、こちらこそ、来てくださってありがとう」

ミランは嬉しそうに微笑んだ。

ミランの笑みはとっても可憐で美しい。

「さぁ、まずは客室に案内するわね」

「はい。お願いします」

笑みに見惚れながら、頷いていると、視界の端に影が見えた。

「ミラン様、危ない！」

ミランをかばうように、ぎゅっと抱きしめる。

「どうし……」

――べしゃ。

そこまで重くはない衝撃にほっとしつつ、ミランの無事を確認する。

「ミラン様、お怪我はありませんか？」

「ええ、私は問題ないわ。でも、ブレンダさん、服が――」

ミランと過ごす夏期休暇。その中でも初日は特に大切だと思って、一番お気に入りのワンピースを着てきたのだけれど。そんなワンピースは茶色く汚れている。

衝撃の正体は泥団子だった。

「このくらいなら、洗えば落ちますから、大丈夫ですよ」

泥団子がぶつかった、ということは誰かが投げたということ。

「ごめんなさい、ブレンダさん。この償いは必ずさせるわ。マイン！　出てきなさい」

ミランがこんなに怒っているの、初めて見た。

衝撃を感じながら、階段のほうに目をこらす。階段の陰から、少年がこちらに近づいてきた。

「……姉さま」

少年――マインは、茶髪に青目をしていた。貴族の少年らしく綺麗に整えられた服を着ているけれど、その服も泥に汚れている。

マインは、私たちのほうに近づくと、私を指さした。

「ぼく、こいつきらい！」

きらい……かぁ。

初対面でここまではっきり言われるのは、初めてなので、少し悲しい。

「こら、マイン！　泥団子のことも、今の言葉も謝りなさい。ブレンダさんは、私の大親友よ。ブレンダさんに対する侮辱は、私に対する侮辱ととるわよ」

ミランは厳しい声でそう言ったけれど、マインはなお私を指さして、大きな声で言った。

「ぼく、こいつ大嫌いだもん！」

そう言って、走り去っていく。

「待ちなさい！　マイン!!」

マインを追いかけようとしたミランを慌てて止める。

「ミラン様、大丈夫ですよ」

「でも……、ブレンダさんに申し訳ないわ。せっかく来てくださったのに」

眉を下げたミランは、心底悲しそうだった。

「いいえ、子供のしたことですし」

ミランを安心させるように微笑む。

驚いたし、嫌いって言われたのは少し悲しかったけど。

「私にも悪戯っ子だった時期はありましたから」

「そうなの？」

意外そうなミランに大きく頷く。

私は幼い頃——母がまだ生きていた頃だけれど、公爵邸で水色の悪魔と呼ばれていた時期もあった。懐かしく思いながら、その話をすると、ミランはようやく笑ってくれた。

「……ふふ。『完璧な淑女の氷姫』からは想像もつかないわね」

「あっ！　ミラン様まで私のことをそう思っていたんですか！」

氷姫、なんて恥ずかしすぎるあだ名はいったいどこまで広がっていたのかしら。

「ふふ、でも今はそうは思わないわ。あなたって、……氷と言うよりお日様みたい」

「……お日様」

そんなこと初めて言われた。

「ええ。私は、ブレンダさんといると胸が温かくなるもの」

「ミラン様！」

好き！

感極まった私はミランに抱きつこうとして、服が泥だらけなことに気づいた。

「ミラン様、服を着替えたら抱きついてもいいですか？」

「……ふふ。ハグの予告なんて初めてされたわ。客室はこっちよ」

ミランは笑いながら、客室に案内してくれた。

「わぁ、とても綺麗ですね」

内装もとてもおシャレでいて、品よく整えられていた。

クリーム色を基調とした部屋は、女子寮のミランの部屋を思い出させた。

「家具の配置が気に入らなかったら、自由に換えてもらって構わないわ」

「いえ！　とっても気に入りました。ありがとうございます」

ひとまず、服を着替えるためにミランは外で待っていてもらう。

荷物から服を取り出しながら、とっても楽しい夏期休暇になる予感に心を躍らせた。


「おまたせしました。ミラン様、抱きついてもいいですか？」

「……ふふ。もちろんよ」

ぎゅっとミランに抱き着く。ミランからは、ふんわりと甘い香りがした。

「ミラン様は、何か香水とかつけられていますか？」

ミランは、いつもいい香りがするのだ。

「ええ。私、香水集めが趣味なの」

「ミラン様からは、いつも良い香りがするから、素敵だなぁ、って思ってました。素敵なご趣味ですね」

甘いけど、甘すぎない上品な香りを堪能しつつ、ミランを更に抱きしめる。

「ありがとう。今度、ブレンダさんにもおすすめの香水を贈るわ」

ミランもぎゅっと抱きしめ返してくれた。

「本当ですか！　楽しみにしてますね」

ミランのおすすめなら、間違いない。わくわくしながら、体を離す。

「ええ、楽しみにしていて」

ミランは得意げに片目を閉じて、こちらをみた。

美人なミランがそうすると絵になるなぁ。

「あら、もうこんな時間ね。もうそろそろ夕食の時間だわ」

「ほんとですね」

お腹が空いたと思ったら、窓の外はオレンジの光で満ちていた。

「ダイニングに行きましょう。こっちよ」

パジャマパーティー

ダイニングに行くと、すでにマインは席についていた。

「……マイン。ブレンダさんに謝りなさい」

「いや！」

……即答だなぁ。

きっと本当に謝りたくないのだろう。

「姉さまが、悪いもん。ぼくたちのお家に勝手に、こいつ呼んだんだもん」

「……お父様とお義母様には、許可を得てるわ」

ミランが諭すような口調で、そう言ったけれど、マインには全く効果がなかった。

「でも、ぼくはいいっていってない！」

……なるほど？

もしかして、マインはミランがマインに許可を取らなかったことを拗ねているのだろうか。

「あの、ミラン様。マインくんはもしかして……」

「ぼくの名前を勝手に呼ぶな！」

「マイン！」

怒ったミランがマインに詰め寄った。

「……いい加減にしなさい。ブレンダさんは、私の大切なひとよ」

ミランの言葉に、マインは目を大きく見開いた。

そして——きっ、と私を睨むと、席を立つ。

「こいつも……姉さまもだいっきらい！」

マインは、そういうとばたばたとダイニングを去っていった。

「っ、マイン！」

……ミランは、マインに手を伸ばしかけて、やめた。

「ブレンダさん、本当にごめんなさい。マインが失礼なことを言ったわ」

頭を下げたミランに、慌てて首を振る。

「いえ、気にしてませんよ。……それより、追いかけなくていいんですか？」

「いいのよ。マインはやっぱり私のことが嫌いみたいだし」

ミランはため息をつきながら、諦めたようにそう言ったけど。

……そうだろうか。

私には、むしろ――……。

でも、家庭のことだし、どこまで口をはさむか、悩ましい部分でもある。

「……それより、食事にしましょう。うちのシェフの料理とっても美味しいのよ」

「それはとても楽しみです」

――でも、ミランには笑っていてほしいと思う。

そう思いながら、席についた。


ミランの言葉通り、夕食はとても美味しかった。

明日の朝食もとても楽しみだ。

お風呂につかりながら――侯爵邸はお風呂も広い――考える。

ミランが私をかばうと大嫌いと言った点や悪戯をミランにだけする、という点もひっかかる。

私には、マインは、素直になれていないだけのように見えた。ミランはマインに嫌われていると言っていたけれど、おそらくミランのことを嫌っていない……どころか、慕っているように思った。

悪戯も少しでもミランの気を引きたくて、しているんじゃないだろうか。

ミランは、マインのことを自分なりに可愛がっている、といっていたから、マインのことを嫌ってはいないはずだ。

たとえ、お互い好意だけではない複雑な感情はあるとしても。

母の言葉が蘇る。

――あなたたちは、二人きりの兄妹よ。だから。ずっと、ずっと、仲よくしてね。

仲良くできるなら、それに越したことはないものね。

「よし」

どこまで口をはさむか、悩んでいた心がすっきりした。

私は、ただのブレンダで、だけどミランの大親友だ。だから自分にできることなら、力になりたい。

「まずは……聞き込みかしら」


まだパジャマパーティーまで時間がある。お風呂から上がり、髪を乾かし、湯冷めしないように、ガウンを羽織った私は、マインの部屋の扉を叩いた。

「弟君」

「あっちいけ！」

マインは出てきたものの、敵対心むき出しだった。私は、少しでもその心が和らぐように目線をあわせる。

「弟君は、ミラン様のことどう思っていますか？」

「ふん！　関係ないでしょ！」

ばっさりと切り捨てられたけど、諦めないわ。

「では、聞き方を変えますね。ミラン様のことがお好きですか？」

「知らない！」

この聞き方でも駄目か。……なるほど。

「では、ミラン様のことがお嫌いですか？」

「そんなわけ……！　もう関係ないでしょ！」

そう言って、怒ったように扉が閉められそうになる。慌てて扉が閉まる前に、少し早口で言った。

「そういえば、ミラン様とパジャマパーティーをするんですよ。気が向いたら来てくださいね」

「行くわけがないでしょ！」

そう言ったのを最後に完全に扉が閉じられる。

うん、プランAは無理だったけど、次はプランBで行こう。


パジャマパーティーの時間になった。

お風呂から上がって少ししたら、パジャマを着て、ミランの部屋に集まり、軽食を食べながらお話をしよう……ということになっていた。

ミランの部屋を訪ねる。

「待ってたわ、ブレンダさん。どうぞ」

扉をノックすると、ミランが笑顔で出迎えてくれた。

私は、扉を少しだけ開けたまま、ミランの部屋に入った。

――そして、パジャマパーティーが始まる。

クッキーをつまみながら、ミランと恋の話に花を咲かせる。

「それでね、クライヴ様が、とても喜んでくれたの」

クライヴは、ほんの数日前誕生日だったらしく、お祝いを二人でしたのだそうだ。

「それは良かったですね！」

「ええ、私も幸せな気持ちになったわ」

――クライヴの話をするときのミランは、とても可愛らしくて、幸せそうだ。

そんなミランを微笑ましく思っていると、ところで、とミランがこちらを見た。

「ブレンダさんは、どうなの？　好きな方がいらっしゃるんでしょう？」

興味津々という顔で、ずいと顔をよせられる。

「ええと……」

戸惑ったように、視線を泳がせ、扉に視線をやる。すると、青い瞳と目が合った。

作戦成功だ。……そろそろ、話を切り出そうかな？

いや、まだ早いかも。

「ほら、ブレンダさんの好きな方は言えないんでしょう？　でも、どんなところが好きかとか、どういう特徴があるか、とか聞かせてくださらない？」

「そうですね」

私は、好きなひとの好きなところを話した。

「綺麗な、赤い瞳や」

「ええ」

「選択の授業——声楽で聞いた歌声がとても綺麗で……」

「ええ」

「それから、豊かな黒髪も」

「……？　ええ」

「それから、音楽で聴いた、フルートの音色も」

「……もしかして」

ミランも気づいたようなので、舌をだして白状する。

「私は、ミラン様が大好きです！」

「……ブレンダさん！」

ミランは感激したように、瞳をうるませたけれど、すぐに表情を変えた。

「もう！　ずるいわ、話をそらしたでしょう」

「でも、ミラン様が好きなのは本当ですよ」

仕方ないわね、とミランはため息をついて、綺麗な黒髪を触った。

「……ありがとう。あなたは以前もこの髪をほめてくれたわね」

「だって、本当に好きなんです――」

そう言いながら、気づかれないよう扉を確認する。青い瞳と、相変わらず目が合った。

「でも、それは私だけじゃないんじゃないでしょうか」

「……そうね。クライヴ様も好きだって、言ってくださったわ」

それも半分正解だ。でも……。

「弟君も、好きなんじゃないでしょうか」

「マインが？　そんなはずはないと思うわ。あの子は、私のことが大嫌いだもの」

ミランが悲しげにそういったけれど、もう少しだけ話を続けさせてもらう。

わざと、わかりやすく悪だくみをしている顔をしながら、相槌をうつ。

「そうですね、弟君はミラン様のことが、大き――」

ばん、と大きな音をたてて、扉が開いた。

「そんなわけない。ぼくは、姉さまのこと大好きだもん！」

マインはそういうと、ミランに抱き着き、私をきっと睨んだ。

「姉さまに、嘘を吹き込もうとするな！」

「はい。私は、このへんで退散いたしますね」

私は頷いて、席を立つ。

「待って、ブレンダさん。え？　ええ？」

ミランは、マインが自分を好きだったことに気づいていなかったようだ。

戸惑っているミランも可愛いな、と思いながら、手を振る。

「ミラン様、パジャマパーティーはまた明日開催いたしましょう。今は、お二人の時間を過ごされてください」

——では、おやすみなさい。

まだ戸惑っているミランに、そう続けて、扉を閉めた。

夜は長い。わだかまりが完全に無くなるには、短いかもしれないけれど。

誤解を解くには十分じゃないかな。

そう思いながら、自室に帰った。


——翌朝。


「ん、んん……?」

何か重いものがどすどすと、私の上で跳びはねている。

ミランの家は、大型犬でも飼っていたのだろうか?

そう疑問に思いながら、目を覚ます。

「あー、やっと起きた!」

嬉しそうに、私を見つめるぱっちりとした青い、瞳は——。

「弟君?」

若干まだ寝ぼけながらマインを見つめると、マインは不機嫌そうな顔をした。

「マイン！」

「ええと……マインくん？」

「うん。おはよう、ブレンダ！」

マインは昨日とは打って変わって、かなり上機嫌だ。昨日までこいつ呼ばわりだったのに、ちゃんと名前で呼んでもらえている。

そのことに、感動しつつ、疑問をぶつける。

「どうして、この部屋に？」

「ブレンダに謝らないといけないことあるから」

マインは、ベッドから下りると、まっすぐに私を見た。

「泥団子投げたりとか、こいつや大嫌いとかいったりして、ごめんなさい」

「……はい。では、仲直りですね」

私もベッドからおりて、マインと視線を合わせる。

「これからよろしくお願いします、マインくん」

「こちらこそよろしくね、ブレンダ」

屈託のない笑みは、とても可愛らしい。

その笑みに癒されつつ、尋ねる。

「ミラン様とも、仲直りできましたか？」

「うん。姉さまと仲直りできた！」

……良かった。プランYまで考えていたけど、必要なさそうね。

「ぼくは姉さまが大好きだし、姉さまもぼくが大好きだって」

「ええ。それは良かった」

私の言葉に大きく頷くと、マインは満足したのか部屋から出て行った。

……とりあえず、着替えよう。


服を着替え、ダイニングに行くと、もうミランもマインも席についていた。

「おはようございます」

「ええ、おはよう。ブレンダさん」

「ブレンダ、おはよー！」

昨夜用意されていた席は、ミランと離れていたのに、今朝はミランの隣に座っているマインを微笑ましく思いながら、席に座った。

侯爵邸自慢のシェフの朝食はとても美味しく、和やかに朝食の時間は過ぎた。

――そして、朝食が終わったあと、ミランは私の元へ来ると、手を握った。

「本当に、ありがとうブレンダさん。私、ずっとマインに嫌われてると思ってたの」

「ぼくは、姉さまが大好きだよ！」

元気に挟まれた言葉に、ミランは大きく頷いた。

「ええ。私もマインが大好きよ。ブレンダさんのおかげで、お互いの誤解が解けたわ」

「いえ……、私はきっかけをつくっただけですから」

仲直りが出来たのは、二人の歩み寄りがあったからだ。

「ですが、良かったです。仲が良いに越したことはありませんから」

そう言って微笑むと、ミランもマインも微笑み返してくれた。

「それでね、今日の予定なんだけど……、ほら、いつか一緒に合奏がしたいって話してたじゃない？」

「はい」

ミランはフルートが得意で、私は、バイオリンを少しかじっている。

「マインも入れて、三人で合奏するのはどうかしら？」

「素敵ですね！」

マインはどんな楽器を弾くのだろうか。

マインなら、どんな楽器も似合いそうだけれど、イメージで言うと……。

「マインくんは、何が得意ですか？」

「ピアノ！」

イメージ通りだった。

自分の予想があっていたのが嬉しくて、小さく笑うと二人とも不思議そうな顔をした。姉弟なだけあって、色彩こそ違うもののその表情はそっくりだ。

「二人とも、お顔がそっくりですね」

私が指摘すると、二人は顔を見合わせて、それから笑った。

「姉弟ですもの」

「ぼくは姉さまの弟だもん」

——得意げなその表情もそっくりで、私はまた噴き出してしまったのだった。


……それから防音室に移動した。

私は楽器を持っていないので、ミランがフルートの合間に少しだけ習っているという、バイオリンを借りることにした。

調弦や調律をして、それぞれで肩慣らしをする。

「マインくん、お上手ですね」

マインのピアノは元気がよく、明るい気持ちになれた。マイン自身がピアノが大好きなことが分かるほど、楽しそうに弾いている。

「えへへ、そうでしょ！」

得意げなその表情も微笑ましい。

「マイン、ブレンダさん、準備はいいかしら？」

私たちが頷いたのを確認して、ミランが微笑んだ。

「では、合奏しましょう」

最初に合奏する曲に選んだのは、「朝日のワルツ」という曲だ。とても軽やかで、その名の通り、朝にぴったりな曲になっている。

合奏は、本当に幼い頃、兄としたのとバイオリンの先生としたくらいだったので、実はうまくできるか少し心配だった。

でも、ミランとマインがわかりやすく合図を送ってくれるので、とてもやりやすく、楽しかった。

「――……」

最後の小節を弾き終わり、みんなで目をあわせる。

とっても楽しかったのと、無事に最後まで弾けた興奮で、頬が熱くなる。

「とても楽しかったです！」

「ぼくも！」

「三人でするのは初めてだったけれど、なかなか楽しかったわ！」

――その後も、適度に休憩をはさみつつ、何曲も演奏し、とても楽しい時間を過ごした。


合奏を終え、楽器を片付ける。

学園の音楽の授業以外で、久しぶりに演奏したなぁ。

そんなことを考えながら、バイオリンを片付け終わると、マインに話しかけられた。

「ねぇ、ブレンダ」

「どうしました？」

マインは、じっと私を見つめている。その瞳は、真剣そのものだった。

「ぼくね、姉さまが大好き」

「ええ、私もミラン様が大好きです」

私の返答に満足したように、マインは頷いた。

「それでね、ぼくね、ブレンダのことも好きだよ」

「……あら」

大嫌いと言われた翌日に、好きだと言ってもらえるとは思わなかった。

でも、子供って、感情がころころ変わるものかもしれないなぁ。

自分の子供時代を思い出しながら、微笑む。

「それは、ありがとうございます」

「うん。ブレンダ、優しいし、笑顔がお日様みたいだし、だから……」

マインは、急に緊張したように指をくるくるしだした。

どうしたんだろう？

ミランを見ると、苦笑している。まるで、次の言葉が分かっているみたいだ。

「だから、だからね！　大きくなったら、ぼくのお嫁さんにしてあげてもいいよ！」

大きな声で、言い切られた言葉に、瞬きする。ゆっくりと頭の中で言われた言葉を反芻して、理解した。

――まぁ、あなたは平民だものね。つまり、もう私のライバルでもないわ。だから、その……。

ゆっ、友人になって差し上げても、よろしくてよ！

学園の入学式の前日に、ミランに言われたことを思い出した。

「……ふふ」

表情からミランも思い出しているのだろう、それを、頭の中で思い浮かべながら、マインに視線を合わせる。

「マインくん」

「な、なに？」

マインは顔を真っ赤にして、私を見ていた。

「素敵な提案、ありがとうございます。でも、私には好きな人がいるのです。だから――」

「だったら！　だったら、そのひとよりも素敵な男になる！　嫌いなニンジンも食べるし、勉強もさぼらない。……それで、いつかブレンダを振り向かせるね」

「……マインくん」

あまりの熱烈さに驚いていると、ミランが苦笑しながら、私たちの間に入った。

「あら、しっかり聞いたわよ。ニンジン、残さないのね」

「うん！　えっとね、それからね、お手伝いもする！」

じいやに何かお手伝いすることがないか、聞いてくる！　と叫んで、マインは防音室を出て行った。

「……ブレンダさん、しっかりとあの子の気持ちに向き合おうとしてくれて、ありがとう」

「でも、最後まで言えませんでした」

そうね、とミランは頷いて、それから微笑んだ。

「まぁ、未来は誰にもわからないもの。……十歳差で結婚した例もたくさんあるし。それに、あなたが私の義妹になるのも楽しそうね」

冗談とも本気ともつかないことを言いながら、ミランも防音室を出て行く。

「あっ、待ってください！」

慌てて、その背中を追いかけながら、夏の空気をいっぱいに吸い込んだ。

女子会

お昼の時間になったので、昼食――マインは私の隣の席に座った――をとることにした。

宣言通り、ニンジンを大量の水で流し込みながら食べたマインは、きらきらとした瞳で私を見つめている。

「マインくん、すごいですね」

「うん、ぼく、すごい男になるの！」

嬉しそうに微笑みながら、ニンジンの無くなった料理をぱくぱくと食べるその姿は微笑ましかった。

「……ところで、ブレンダさん」

向かい側に座ったミランが、フォークをおき、私を見つめた。

「？　はい」

何だろう。ミランの表情からして、深刻な話ではなさそうだけれど……。

「今朝、クライヴ様からお手紙が届いたのだけれど、私たちもクライヴ様の別荘に遊びにこないかって」

クライヴからのお誘いかぁ。

それなら、ミランだけのほうがいいのではないだろうか。

「でも、婚約者のお二人の間にお邪魔するのは……」

「いいえ、私たちだけではなくて、生徒会つながりで、アレクシス殿下やマーカス様、あとは、クライヴ様の親友のローリエ様もいらっしゃるみたいよ」

ジルバルトは勝手な印象だけど、面倒くさいっていいそうなのに、意外だ。

親友の誘いだからのったのかな。

そんなことを考えつつ、どうしようかと悩む。

「夏期休暇中はしばらく、みなさん別荘で過ごされるみたいだから、いつでも来ていいって、書かれていたわ。近くに川があって、様々な遊びができるそうよ」

「……そうなんですね！」

せっかくの夏期休暇だし、川遊びはとても魅力的だ。

でも、ミランやマインだけと過ごす今の時間も気に入っている。それにまだ、この侯爵邸に来たばかりだし。

「私は、ブレンダさんが行かないなら、夏期休暇の最終週に少しだけ顔を出そうかと思ってるわ」

「わかりました。少し、考えてみますね」

「ええ」


昼食後は、マインやミランと思いっきり遊んだ。刺繍をしたり、ボールをけったり、かけっこしたり。どれもとても楽しかった。

思いっきり遊んでいるうちに、夕食の時間になり、三人で夕食をとった。

「パジャマパーティー、ぼくも参加したい！」

夕食中のマインの言葉により、今夜のパジャマパーティーは三人ですることにした。

お風呂に入って、パジャマに着替え、いざ、ミランの部屋へ。

「ブレンダ！」

扉をあけてくれたのは、マインだった。

「こっちへどーぞ」

マインに手を引かれながら、ミランの部屋の中に入る。

「ブレンダさん、ハーブティーをどうぞ」

ソファーに座ると。丁度いい温度のハーブティーをミランが差し出してくれた。

「ありがとうございます」

お礼を言ってから、口をつけた。優しいまろやかな味で、ほっとする。

「なかなか、いいでしょう？　我が家秘伝の配合なのよ」

得意げなミランに頷く。とても美味しかった。

「では、パーティーを始めましょうか」

三人でソファーに座りながら、カードゲームをした。特に盛り上がったのが、オールドメイドだ。

貴族時代に身に付けた、仮面のような微笑で、ミランを見つめる。

「ブレンダさんにその表情をされると、まったくわからないわね。……これにするわ」

ミランが私の手札から、ジョーカーをひいた。

「くっ！　ブレンダさんやるわね」

今度は、マインがミランの手札からひく。

「姉さま、ぼくはこれにする……!?」

さっきまできらきらした顔をしていたのに、マインは手札をみて青ざめた。

……とてもわかりやすいわね。

私がマインのものから一枚ひくときも、マインは表情豊かなので、どれがジョーカーかわかってしまう。

心の中で苦笑しながら、わざとジョーカーをひくべきか考えた。

しかし、これは真剣勝負。勝者から順に、多い数のお菓子がもらえることになっている。

だから、私は大人げないと思いながらも、ジョーカー以外をひいた。

その後も一部白熱した勝負は続き、私が一位、二位がマイン、三位がミランとなった。ミランの悔しがりようからして、手を抜いたわけではなさそうだ。

再戦を繰り返し、総合順位は、一位がミラン、二位が私、三位がマインになった。終盤のミランの追い上げがすさまじく、赤の瞳にはめらめらと炎が揺らめいていた。

……負けず嫌いなのね。でも、そんなところも素敵だ。

そんなことを考えながら、マドレーヌを食べる。

「美味しいですね」

しっとりしたマドレーヌは、とても美味しかった。この時間に食べるマドレーヌは、体にあまりよろしくない、とわかっているけれど。

その背徳感が更に美味しく感じさせる。

「うん。ブレンダ、マドレーヌ、好き？」

「はい、好きですよ」

そっか、と頷くと、マインは自分の分のマドレーヌを一つ差し出した。

「じゃあ。これ、あげる」

マインは、三位で、一番マドレーヌの数が少ない。それなのに、私に一つ、分けてくれようとするなんて……。

「ありがとうございます。とても嬉しいです」

「うん！　ぼくはいい男だからね！」

お婿さんにするなら、今のうちだよ！　としっかり自分を売り込むことも忘れないところも、すごい。

ミランはといえば、満足そうにマドレーヌを頬張っていた。

……その後は、みんなでパズルをしたり、お話をしたりしているうちに、夜が更け、解散となった。

二人におやすみの挨拶をしてから、ベッドに入ったときに思い出した。

そういえば、クライヴの別荘に行く話はどうしよう。

二人と遊ぶのが楽しすぎて、すっかり忘れていた。

でも、私たちがクライヴの別荘に遊びに行ったら、マインはどうなるのだろう。使用人はいるけれど、まだまだ幼いマインを残していくのは、躊躇われる。

確か、ミランのご両親が帰ってくるのは、来週だと言っていた。来週に行けば、この邸にひとりぼっちにはならないから、安心かな。

じゃあ、あと一週間お邪魔させてもらうことにしよう。

そう決めて、眠りについた。


翌日、ミランやマインに、一週間侯爵邸に滞在することを伝えると、二人とも快諾してくれた。

なので、今日もめいっぱい遊ぼう！

三人でパズルをしていると、来客のベルが鳴った。

……誰だろう。

みんなで首をかしげていると、執事がやってきて、来客が誰だか教えてくれた。

「タロット嬢がいらっしゃってますが、いかがなさいますか？」

……タロット。シルビア・タロットのことだろう。私とミランより一学年年上で同じ生徒会の先輩だ。

でも、どうしたんだろう？

「わかったわ、通して頂戴」

疑問に思いつつも、ミランが応接室で相手をしている間、マインと一緒にパズルを解く。

「ブレンダ、このピースどこかわかる？」

「うーん。少なくとも角ではなさそうですね」

二人であれでもないこれでもない、と言いながら、はめていると、ミランがやって来た。

「ブレンダさん、マイン。シルビア様よ」

ミランの後ろで、シルビアが手を振っている。

「こんにちは、シルビア様」

椅子から立ち上がって、シルビアに挨拶する。マインは、私の後ろにさっと隠れた。でも、気になるのか、ときどき、ひょこひょこと顔をのぞかせる。

「……こんにちは、ブレンダさん。そして、ミランさんの可愛らしい弟さん」

シルビアは微笑むと、顔をだしていたマインに目線をあわせた。

「あなたの瞳、とても綺麗ね」

「！」

マインは、恥ずかしそうに私の後ろに隠れた。

可愛い、照れているのかな。

そんなことを考えていると、シルビアは立ち上がり、私とミランを順に見つめた。

「わたくしが来たのはね――女子会、をするためよ」

「女子会、ですか」

「ええ、そう女子会」

ミランは、もうすでにシルビアから聞いていたようで、驚くことなく頷いた。

「具体的には、何をするんですか？」

「そうね、まずは――わたくしの占いかしら」

……占い。

以前シルビアにやってもらった占いは、瞳を見て行うものだった。

でも、どうして？　まだ占ってもらってから、そんなに日にちが経ってない。

「どうしても、気になることがあるの」

そう言ったシルビアは、まっすぐに私を見つめていた。

え、私？　そういえば、シルビアに以前占ったときに言われたのよね。最近何か変わったことは、なかったか、と。

たしか、そのときはない、と答えたけれど……。

私の戸惑いを察したのか、シルビアは表情を和らげた。

「大丈夫よ、あなたたちの未来は明るい。それは間違いないわ」

占いは、絶対じゃないって、わかっているけど。よく当たる占いをする、シルビアにそう言われると、ほっとする。

「ブレンダさんは、周りに人がいても平気？」

「はい」

頷いて、椅子に座る。マインは、私から離れ、ミランの横にいった。

「じゃあ、占いましょう」

シルビアは、私に近寄ると、じっくりと私の瞳を見つめる。

シルビアの占いは、瞳を見て、占うのよね。

「ブレンダさん、近々誰かと集まる予定はある？」

「！　はい」

占いの結果か、ミランから聞いたのか、どっちかな。

そう疑問に思いながらも頷く。

「あなたは、そこで、『ある人物』と話をすべきよ。できれば二人っきりで」

二人っきりで、話すべき相手。……誰だろう。

「その人はね――そのときがくれば自然とわかるわ。……占いは、必ず当たるものではないけれど。二人で話をする。このことだけは、忘れないでね」

「わかりました。ありがとうございます」

とりあえず、片っ端から話しかければいいのかな。そう思いながら、頷くと、シルビアはほっとした顔をした。そして、気を取り直したように、ぱん、と手を叩くと微笑んだ。

「それでは、女子ぷらす弟さん会を始めましょう」


女子会——別名女子ぷらす弟さん会——は、大いに盛り上がった。四人でシルビアが持ってきてくれた茶菓子を食べながら、様々な話をした。シルビアは小さい子供の扱いがうまく、話題もマインの入りやすいものばかりだった。

マインは、今ではすっかりシルビアに懐いている。

「ねぇ、シルビアさん」

「あら、どうしたの？」

「ぼくも占って！」

シルビアは、もちろん、と頷いてマインの瞳を見つめた。

「そうね、あなたは……、最近いいことがあったのね」

「うん！　姉さまと仲直りしたよ」

「それから……あなたはとてもいい恋をしているのね。その経験は必ず、あなたの役に立つわ」

そうなんだ、ありがとう！　とシルビアにお礼を言ったマインは、きらきらした瞳で私を見つめた。

「あら。あらあらあら」

その視線に気づいたシルビアが、楽しそうな声をだした。

「……そう。可愛いものね」

生暖かい視線がざくざくと私に刺さる。

「ところで」

その視線に堪えかねた私は、強引に話を変えた。

「みなさんは、何色がお好きですか？」

ありふれた、そして今更過ぎる質問だけど、みんなそれに乗ってくれた。

「ぼく、ぼくはねー、緑が好き！」

「私は、赤よ」

「わたくしは、紫かしら」

「そうなんですね。私は……」

意外と盛り上がったその話は、好きになったきっかけなど、派生した話題で一時間も続いた。


「あら、もう、こんな時間ね」

シルビアが、時計を見て席を立つ。

「ええー、もう帰っちゃうの？」

シルビアは、残念そうな顔をして、微笑んだ。

「ごめんなさいね。あまり、遅くなると家族が心配するのよ」

「そっかー、それなら仕方ないね」

だって、ぼくも姉さまを心配させたくないもん！　そう続けて、あっさりとマインはひいた。

「ええ、理解が早くて助かるわ」

たおやかに微笑んだシルビアを、みんなで見送る。

「シルビア様、とても楽しい時間をありがとうございました」

ミランの言葉に、シルビアは笑った。

「こちらこそ、とても楽しかったわ」

そう言って、馬車に乗り込もうとしたシルビアは、振り返った。

「……ブレンダさん」

「はい。必ず、二人で話をします」

きっとこのことだろうな、とあたりをつけてそう言うと、シルビアは安心したように頷いた。

「ええ。絶対よ」

「はい」

そうして馬車が去っていくのを、見届けて、みんなで邸に入った。

「なんか、不思議なひとだったね」

マインの言葉に頷く。

「そうですね」

シルビアが持つ特有の空気感は、神秘めいている。その空気を思い出していると、ミランが微笑んだ。

「さぁ、そろそろ夕食にしましょう」

夕食後、お風呂に入り、ミランやマインとパジャマパーティーをした。そして、数日間、穏やかに時間は過ぎ――……。

「ええー、姉さまもブレンダも本当に行っちゃうの？」

マインが寂しそうな顔で私の袖を引っ張った。

そう、今日はクライヴの別荘に出立の日だ。

「ごめんなさい、マインくん」

「マイン、お父様とお義母様が帰ってから行くから、ひとりじゃないわ」

マインは、私とミランのそれぞれの言葉に、むぅ、と唇を尖らせた。その仕草もとても可愛い。

「お手紙を書きますから」

「お土産も持って帰るわ」

「……わかったよ。去り際にしつこくしないのも『いい男』だものね」

そう頷くとマインは、跪いた。

「マインくん？」

どうしたんだろう。

マインは、軽く咳払いをすると、じっと私を見つめた。

「ぼく、いい男に必ずなるからね！　ブレンダが結婚したいってなるような、素敵な男に」

「……ふふ、期待していますね」

うん！　とマインは立ち上がると元気に頷く。その笑みに癒されていると、丁度、誰かが邸の中に入って来た。

「あ、お母様とお父様だー！」

慌てて、背筋を伸ばす。

「おかえりなさい、お父様、お義母様。こちら、ブレンダさんよ」

ミランに紹介してもらい、礼をした。

「お邪魔しております。ブレンダです」

「ミランが君と友人になった――と聞いた時は、大層驚いたが。その顔を見ると、良い友人関係が築けているようだね」

カトラール侯爵はそう言って、微笑む。

「ええ、お父様。私たち大親友なの」

ミランは満面の笑みで、私の腕を引き寄せた。

「……ふふ」

それがくすぐったくて、思わず笑う。

……？

視線が集中している気がして、首をかしげると、穏やかな瞳と目が合った。

「あなたのような方がミランさんの傍にいてくださるなら、安心だわ」

カトラール侯爵夫人のその瞳は、確かに、娘のことを想う瞳だった。

「私も、ミラン様に何度も助けられています。たとえば――」

「ぶ、ブレンダさん！」

照れたミランは、真っ赤になってとても可愛い。

それでも、ミランの学園での様子を知ってもらいたくて、開こうとした口を、手でふさがれた。

「そんなことより、早く行きましょう、ブレンダさん！」

「あら、もう行ってしまうの？」

残念そうな侯爵夫人に、はい、行ってきます！　とミランは強く頷いて、そのまま玄関まで私を引きずった。

「では、失礼いたします」

玄関でようやく解放された口でそう言って、礼をする。

「またいらしてね」

「ありがとうございます」

一足先に馬車に乗り込んだミランの後に続いて、私も馬車に乗り込む。馬車が出発する間際、マインがかけてきた。

「姉さま、ブレンダ、大好きだよ！　いってらっしゃい」

私とミランは顔を見合わせると、大きな声で行ってきます、と手を振った。

がたごとと揺れる馬車の中、ミランがふと、首をかしげた。

「それにしても……」

「？　どうしたんですか？」

ミランは、じっと私を見つめると、ふふ、と笑った。

「私がこの先、歩んでいくべきパートナーって、ブレンダさんのことだったのね」

「え？」

一瞬何のことだか、わからず、目を瞬かせる。

数秒経って、シルビアの占いのことだと気づいた。

「そ、それは、アルバート様では？」

とても光栄だけど、ミランを支えているのは、間違いなくクライヴだ。

「クライヴ様も私をもちろん支えてくださっているわ。でも、マインと私の壁が無くなったのは、間違いなくブレンダさんのおかげよ」

そう言って、ミランは私の手を握った。

「改めてありがとう、ブレンダさん。ずっとずっと先、年を重ねたときも、あなたが傍にいてくれたら嬉しいわ」

「ミラン様……！」

好き！　感情のまま、ミランに抱き着いた。

「いくつになっても、私たちの友情は不滅です！」

「ええ、もちろんよ」

そっと抱きしめ返してくれたミランを抱きしめる力を、更に強くした。

こんな風に言える、友達が——大親友が出来るなんて、以前は思ってもみなかった。

得難い幸運に感謝しつつ、抱きしめ続けていると、馬車の揺れで、だんだん眠くなってきた。

「ブレンダさん……？」

ミランの声が遠くで聞こえる。その声に、答えたいのにとても、眠たい。

私は、ゆっくりと眠りの世界に落ちていった。

陽だまりの宝物（ミラン視点）

穏やかな呼吸音が聞こえる。

「……ブレンダさん？　眠ってしまったのね」

まるで幼子のようにあどけないその寝顔を眺める。

「……ふふ」

気を許しきった姿は、以前の張りつめた氷のようなあなたからは考えられない。

でも、私は少しだけ知っていた。その心が、氷じゃないってこと。

ずっと、ずっと、あなたと比較されて生きてきた。あなたを疎ましく、妬ましく思ったこともある。

でも……、今の私たちはこうして手を握っている。

それが私にとってどれほど、嬉しくて――幸福なことなのか、あなたは知っているかしら。

あの日――夜会で私を助けてくれた日、一瞬だけど、あなたの心の温かさに触れた。

そのときには、一瞬しか触れられなかったけれど、微笑の仮面を脱ぎ捨てたあなたからは、陽だまりのような温かさを感じる。

いつだって弾けるような笑顔で、駆け寄ってくれるあなたとの絆は私にとって、宝物だ。

あなたから鋏を奪い取って、その髪を切ったとき、私の手が少し震えていたことに、あなたは気づいたかしら。

貴族の象徴でもある長髪を、あなたは切りたいといった。

私は、そのとき、新たなあなたに出会える予感と、貴族のあなたと別れる悲しみがごちゃまぜになった複雑な気持ちだった。

本当は、あなたが貴族のときからもっと仲良くしたかった。

ううん、貴族、平民関係なく『あなた』と仲良くなりたかった。

それなのに、私は間違えてしまった。

――まぁ、あなたは平民だものね。つまり、もう私のライバルでもないわ。だから、その……。

ゆっ、友人になって差し上げても、よろしくてよ！

平民だから、仲良くしたいわけではないのに。

その、誤りをまだ正せずにいる。

「ブレンダさん……私、私ね――本当は、ずっとずっとあなたとお友達になりたかったの」

そっと口に出した言葉は、眠っているあなたには届かない……はずだった。

「……ふふ。知ってましたよ」

「え?」

驚いて、ブレンダさんを見ると、穏やかに眠っている。

それとも今の話、聞いていたのかしら?

「寝言……かしら」

……でも、そうね。

どちらにせよ、その言葉で、私の胸のつかえがとれた。

そして、私もあなたに寄り添い、心地よい振動を感じながら目を閉じた。

別荘

夢を見ていた。

とても温かく、幸せな夢を。

その夢が、幸福すぎて、目を覚ますのが惜しいほど、幸せな夢だった。

「さん……ブレンダさん」

声が、聞こえる。私の大好きな人の声だ。

でも、まだ、この温かな夢を見ていたい。

「……あら、起きないなら、楽しみにしていたクッキーはお預けね」

「――起きます！」

体を起こし、大きなあくびをする。

「ふふ、おはよう、ブレンダさん」

「……おはようございます、ミラン様」

馬車はいつの間にか止まっていた。つまり、クライヴの別荘についたようだ。

「ミラン様、起こしてくださりありがとうございます」

「いいえ、さぁ、行きましょう」

御者が馬車の扉を開けてくれた。

ミランに続き、私も馬車から降りる。

「……わぁ」

アルバート家の別荘は、本邸と言われても頷けるほど、大きかった。

「わくわくするわね」

「はい！」

こんなに大きな別荘で過ごせるなんて、とても嬉しい。

来客者用のベルを鳴らす前に、扉が開かれた。

「ようこそ、ミラン嬢、ブレンダ嬢」

出てきたのは、クライヴだった。

クライヴは、にこにこと私たちを――特にミランに微笑んでいた――見ると、中へ入れてくれた。

玄関ホールでは、アレクシス殿下、ジルバルト、ルドフィルがいた。その他には、数人の使用人がいるみたいだ。

「やぁブレンダ、ミラン嬢。僕たちはこれからダウトをするんだけど、参加する？」

ルドフィルの提案にミランと顔を見合わせて、頷いた。

「荷物を、置いてきてもいいですか？」

「ああ、まずは先に客室に案内しよう」

そう言って軽やかに、私とミランから、荷物を取り上げると、クライヴは、客室へと案内してくれた。

私たちに与えられたのは、二階の客室だった。私とミランの部屋は隣同士だ。

男子たちの部屋は、全て一階らしい。

「アルバート様、お招きくださりありがとうございます」

今日から、この邸での生活が始まるんだ。楽しみだな。

「こちらこそ来てくれてありがとう。安全に配慮して、夜は君たちの部屋の前に使用人をつけておく」

「クライヴ様、ありがとうございます」

ミランの言葉にあわせて私も礼をする。

細やかな気配りができるクライヴは、本当にできた人だなぁ。

「じゃあ、それぞれ準備が終わったら、一階の階段の右手側にある応接室に集まってくれ。そこで今後の予定をダウトをしながらみんなで相談して決めよう」

私たちが頷いたのを確認して、クライヴは、去ろうとし、ふと振り返った。

「ミラン嬢」

そして、ミランの方へ近づくと、ぽん、と手を頭の上に置いた。

「この前は、私の誕生日を祝ってくれてありがとう」

「い、いえ――」

真っ赤になったミランは、どこからどう見ても恋する乙女だった。二人の世界を邪魔しないように、音をたてないように、客室の扉を開く。

「わ……っと」

思わず歓声を上げそうになり、慌てて口を閉じる。静かにしないとね。

お部屋は、シンプルだけれど、質のいい家具で整えられていた。

私も華美なものよりは、こういったシンプルなものが好きなので、とても嬉しい。

扉をまた音をたてないように、閉めて、荷物を置く。

窓からは、別荘の近くにあるという森とその先にある湖が見える。

「とても、綺麗だわ」

その景色に感動しつつ、もっと詳しく部屋を見て回る。

クローゼットも大きいし、ベッドもふかふかでとても快適に過ごせそうだ。

荷ほどきをするのは後にするとして、感動しつつ、応接室に行く。

「あれ、ブレンダはカトラール嬢と一緒じゃなかったんだね」

私の顔を見て、不思議そうな顔をしたジルバルトは、すぐに納得したようで生暖かい瞳をした。

「……ああ。どーせ、いちゃいちゃしてるんでしょ？　今朝からクライヴは大はしゃぎだったから」

「大はしゃぎ……」

クライヴが大はしゃぎしているところを想像しようとしたけれど、あまりうまくはいかなかった。どんな風にはしゃぐんだろう。ミランといちゃいちゃしてるのは、本当だけど。

「もう、ほんとすごかったんだよ」

「わぁ、それは見てみたかったです！」

しばらく話に花を咲かせたあと、さすがに遅いから様子を見てくるよ、とジルバルトは二階に上がっていった。

その後ろ姿をぼんやりと見つめていると、話しかけられた。

「……ブレンダ」

静かな、その声に、急に心臓が脈打つのを感じる。

「……っ、ど、どうされましたか、アレクシス殿下」

顔を見ると緊張しすぎてしまう気がして、あえて視線を外していたことに、気づかれていませんように。そう願いながら、アレクシス殿下に向き直る。

「楽しそうだったな」

「え……？」

思わぬ言葉に、ぱちぱちと瞬きをする。……あ、もしかして、ジルバルトと話していたこと？

「そうですね……。普段冷静なアルバート様が、はしゃぐところを想像できなくて」

「……そうか」

言葉と共に、つい、と逸らされた翡翠の瞳に胸が痛む。

どうして？　私の返答が良くなかった？

「あ――」

「ブレンダさん！」

伸ばしかけた手は、明るい声によって、遮られた。

「……ミラン様、準備はできましたか？」

「ええ。みなさまもお待たせしました。……あら、ブレンダさん、顔色が少し悪いわ。大丈夫？」

心配そうな顔をしたミランに首を振る。

二階から、ジルバルトとクライヴも下りてきたので、みんな席に座り、ダウトが始まった。

ダウトは大変熾烈な争いになり、話し合うどころではなかった。

私やミランの嘘はあえて、気づかないふりをしていたのか、私とミランは一位と二位だった。

……けれど。

男子たちが、お互いの嘘にやけに鋭く指摘するので、なかなか決着がつかない。

結局、なかなか勝敗が決まりそうもなかったので、勝負は中止し、話し合いをすることになった。

「ミラン嬢、ブレンダ嬢は何をしたい？　君たちは初日だし、君たちがしたいことを優先したい」

クライヴの言葉に考え込む。特に、何がしたいかは水遊び以外考えていなかった。

でも、初日から水遊びはハードかな。

「それなら、ひとつ、私にしたいことがあります」

ミランが手を挙げたので、みんな一斉にミランの方を向く。

「私は、キャンプがしたいです」

キャンプ……つまり野営。確かに面白そうだけど――……。

「面白そうだが……」

「いえ、わかっています、クライヴ様。王家のアレクシス殿下もいらっしゃるし、あまり危険なことはできません。ですので――私、キャンプっぽいことがしてみたいです」

「？」

ミラン以外、みんな首をかしげている。良かった、わからないのは、私だけじゃなかった。

「私、噂で聞いたのですけれど。最近のキャンプは、『ばーべきゅー』なるものをすることが主流みたいです」

ミランによると、ばーべきゅーは、お肉や野菜などを火で焼く料理のようだ。

……美味しそうだ。

「しかも、そのばーべきゅーは貴族でも、自分で料理することが多いようです。これぞ、キャンプの醍醐味なのだと、聞きました」

つまり、私たちみんなで作りたい、ということのようだ。

「それは楽しそうですね」

「美味しそう」

「私は賛成だ」

「僕も賛成」

それぞれが頷いたのを確認して、クライヴも頷いた。

「では、今日はそのばーべきゅーをしよう。この中で料理の経験がある者はいるだろうか？」

私とルドフィルが手を挙げた。

「料理の仕方を教えてもらえるだろうか？」

「アルバート殿、急に包丁を握るのは怖いと思います」

確かに。私も初めて、包丁を持った時は怖かった。

「なので、ひとまず今回は僕とブレンダが下ごしらえをして、みなさんには焼く準備をしていただくのは、いかがですか？」

「そうだな。ブレンダ嬢もそれで、大丈夫だろうか？」

下ごしらえかぁ。とっても大事な役目だ。

「はい、任せてください！」

「では、各々準備に取り掛かろう」

私とルドフィルは厨房に移動し、肉や野菜、魚などの材料を焼きやすい大きさに切っていく。

「こうして、ブレンダと二人で料理をするのは、久しぶりだね」

肉を切りながらそう言った、ルドフィルの言葉に頷く。

そして、そういえば、とシルビアの言葉を思い出した。

——あなたは、そこで、『ある人物』と話をすべきよ。できれば二人っきりで。

そのときがくれば、わかるとも言っていたけど、とくに実感はない。

ルドフィルのことではないのかな。……わからない。

でも、せっかくの機会であることには違いないので、ルドフィルと積極的に話してみることにした。

「ルドフィルは、最近、何か良いことはあった？」

「そうだなぁ……」

ルドフィルは、手を動かしながら少しだけ考え込むと、微笑んだ。

「ブレンダとこうして、二人っきりで話せているのはとても嬉しいよ！」

「もう、ルドフィル！」

すぐ、甘い言葉を囁こうとするルドフィルに、しかめっ面をする。

もし、もしも。そう言ってくれた人が、アレクシス殿下だったら。

——一瞬、浮かんだ考えを頭を振って、打ち消す。

ルドフィルの前で、そんなこと考えるのは失礼だし、アレクシス殿下と目が合うことは、あれから一度もなかった。それは、私の返答が良くなくて、怒っていたのか、たまたまなのかわからないけれど。

……もしかして、嫌われてるのかな。

「でも、ブレンダは良いことじゃなくて何か悩み事がありそうだね」

そう言ったルドフィルの方をみると、苦笑していた。

「僕が力になれるかわからないけど、話してみてよ」

……でも。流石に、私に恋をしている、と言ってくれるルドフィルの前で、自分の好きな人の話をするわけにはいかなかった。

なので、その代わりに、他に悩んでいることを手を動かしながら話す。

「ルドフィル、私――」

私は、最近、ぼんやりしている自分の将来について考え始めたことを話した。

「公爵家に戻るかどうかも悩んでいたものね」

「……うん」

頷く。兄に、公爵家に戻っておいで、と言われたけれど、その返事もまだ満足にできていなかった。もし、貴族に戻るとしたら、誰かに嫁いで、家や領地を繁栄させることが、一番の目的になるだろう。

私は十五年間貴族としての贅沢な生活を享受してきた。その生活に報いるべく、貴族に戻るべきかもしれないとも思う。一生いられないとはいえ、兄がいて、父がいない公爵邸は居心地もいいだろうし。

……でも。

今の平民の暮らしは、当面の生活費を父から貰ったとはいえ、特待生の座を勝ち取り好成績を維持しているという、自分の手で将来を切り開いている感じがして、とても気に入ってもいた。

そうなると、当然、将来何の職業につくのか、という問題もある。

前まで、漠然と将来安泰だから研究職になろうと、考えていたけれど……。

安泰な職は、研究職だけでもないし。

「ブレンダ」

ルドフィルに話しかけられてはっとする。ずっと考え込んでしまっていた。

「将来のこと、悩むよね。……でもね」

「うん」

「いろいろな選択肢が気になるならそれぞれ挑戦してみたらどうかな？」

「え――」

意外なルドフィルの言葉に驚く。

「もちろん、貴族から平民、平民から貴族、っていうのはそんな簡単に行き来できることではないから難しいだろうけれど……たとえば、職場体験とかね」

「職場体験……」

見学は天文塔に行ったけど、体験はしたことがない。

「いくつかできる仕事もあるみたいだよ」

「……そうなのね。ありがとう、ルドフィル」

いろいろな選択肢を最初っから絞るのではなく、まず、試してみる。

そんな考えは全くなかったので、とっても新鮮な気持ちになった。

「ううん、何かの参考になればいいんだけど。……こっちはできたよ、ブレンダは？」

ルドフィルの分の下ごしらえは完璧に終わっていた。

私は考え込んでいた時間があったから、まだ野菜がいくつか切れていない。

「野菜……ニンジンとキャベツがまだだわ」

「じゃあ、僕も手伝うから、終わったらみんなのとこへ行こうか」

「うん。ありがとう。ルドフィル」

——そうして、下ごしらえが完全に終わり、器にのせて、食材を運ぶ。

「できましたよー！」

キャンプっぽいこと、ということで別荘の外で火や椅子やテーブルなどを用意してくれていたミランたちに声をかけた。

「ありがとう。こっちもできたわ」

金網の上に食材をおいて、それを火で焼くようだ。

トングも厨房から借りてきたので、準備はばっちり。

「では、焼いてみよう」

まずはお肉六枚と野菜を少し網の上におき、みんなで様子をうかがう。

「美味しそうだね、食べていい？」

「まて、ジル！　さすがに早すぎる」

クライヴに止められる、ジルバルトを見て笑う。意外とジルバルトは食いしん坊なのね。

……あ、でも。そういえば、ジルバルトと仲良くなったのは、食堂の特別メニューがきっかけだったっけ。

そのことを思い出し懐かしく思っていると、あっという間に、お肉や野菜がやけた。

「じゃあ、それぞれ、お肉を一枚ずつ取ってくれ」

どれにしようかな。右側のお肉を取ろう。

「！　……あ」

トングが誰かの物とぶつかり、慌てて顔をあげる。

どうやら、狙ったお肉がかぶってしまったようだった。

「ごめんなさ――」

ぶつかったのは、アレクシス殿下だった。

「……いや。このお肉はブレンダが食べるといい」

そう言って、アレクシス殿下は一瞬だけあった目をそらすと、私の左側のお肉をとった。

みんながお肉を取ったのを確認して、席に座る。

手早く全員分の飲み物を注いでくれたルドフィルにお礼をいいつつ、私の心は先ほどのアレクシス殿下の態度でいっぱいだった。

やっぱり、アレクシス殿下は意図的に私を避けてる……のよね。

そんなに、さっきの私の返答はいけなかったかな。

それとも、他のことで怒っているとか？

「よし、じゃあ、乾杯しよう」

クライヴの言葉にはっとして、慌てて飲み物を手に持つ。

「乾杯！」

みんなで乾杯をした後、お肉を食べ始める。

「美味し」

「うん、美味しいな。……ってだから、ジル！　もう少しゆっくり、食べなさい」

「……美味しいな。ソースは何を使ってるんだ？」

「このソースは――」

ルドフィルと話しているアレクシス殿下は、とても楽しそうだ。

……ということは、たまたま機嫌が悪かった、ってことじゃない？

「とっても美味しいわね、ブレンダさん」

ミランに話しかけられて、慌てて頷く。

「そうですね」

「あれでも、ブレンダさん、少しもお肉食べてないじゃない。やっぱり具合が――」

「えっ、そんなことありませんよ！　お肉美味しいですね！」

慌てて、お肉を口に運ぶ。

「……ええ、美味しいわね」

ミランは何か言いたげな顔をしていたけれど、私の言葉にのってくれた。

心の中で感謝しつつ、盛り上がる場の空気に自分をなじませた。


次々とお肉や魚、野菜を焼いていき、にぎやかに時間は過ぎた。

私も、適度に話に入ったり、笑ったりしたけれど、頭の中はアレクシス殿下の態度のことでいっぱいだった。


……これが、恋なのね。

父のように狂いはしないけれど。こんな風に厄介な感情を少し恨めしくも思う。

「ブレンダはさ、お腹、いっぱいになった？」

「はい」

ジルバルトの言葉に頷く。

盛り上がる場の空気の中で、何度か席を変更し、今の私はジルバルトの隣に座っている。けれど、アレクシス殿下の隣になることは一度もなかった。

「……ブレンダ」

「？　どうしました？」

ジルバルトは、なぜか苦笑していた。

「元気になるおまじないをかけてあげようか？」

「……ふふ」

……おまじない。迷信とか信じそうにないジルバルトがそういうのがおかしくて、笑う。

「私は、元気ですよ？」

「うん、今は、少し元気になったみたいだけど――」

ジルバルトは、もっと効果抜群なおまじないをかけてあげるよ、と囁いた。

「効果抜群、ですか……っふふ」

なんでそんなにおまじないにこだわるのかわからないけれど。

「うん。……ブレンダはお姫様だからね」

「あっ、またからかいましたね！」

「からかってないよ」

ジルバルトは微笑むと、じゃあかけるよ、と囁いて、席を立った。

「ボクはまだ食べたりないから――一番お肉に近い席と替わっていただいてもいいですか？」

お肉に一番近い席は、アレクシス殿下だった。

「！」

もしかして、ジルバルトに気づかれた……？　アレクシス殿下が好きなこと。

ううん。避けられていることだけ、悟られたのかもしれない。

「ああ、構わない」

アレクシス殿下は、すっと、席を立つと、前のジルバルトの席――つまり私の隣に座った。

途端に、心臓が早鐘を打つ。

どうしよう。なんて話しかけたら、いいんだろう。

お肉、美味しいですね、とか？　ううん、私のお皿にはもうお肉は残っていない。

だったら、今日はいい天気で良かったですね、とか？　さすがに、この話題を出すには遅すぎるよね。

他にも様々な会話の切り出し方が、思い浮かんでは消えていく。

その間にアレクシス殿下は、向かい側のクライヴとの話で盛り上がっていた。

「……はは」

笑みに胸が締め付けられる。

私には、もう、そんな風に笑顔を見せてはくれないのかな。

「ところで、ブレンダ嬢」

「はっ、はい」

急にクライヴに話しかけられ、緊張する。会話に入ってきた私をアレクシス殿下が見ている……のを視線で感じた。

「ブレンダ嬢は、語学が特に得意だったな」

「はい」

語学は好きだ。婚約破棄される前は、将来の第二王子妃として、様々な国の言語を学んでいたのもあって、語学は私の得意科目の一つとなっている。

「最近は、何を学んでいるんだ？」

「そうですね……、メリグリシャ語でしょうか」

隣国の古代語であるメリグリシャ語は、多種多様な表現があって、面白い。

「そうなんだな。……偶然だな、最近公務でアレクシス殿下もそのメリグリシャ語を使う機会があったそうだ。ですよね、アレクシス殿下？」

祈るような気持ちで、アレクシス殿下を見る。

アレクシス殿下は戸惑ったような顔で、頷いた。

「……ああ」

「そうなんですね」

アレクシス殿下は、また頷くと、すぐにクライヴとの会話に戻ってしまった。

……どうして。

その後もクライヴが何度か、会話に入れてくれたけど、アレクシス殿下は私が入ってくると、さりげなく会話を切り上げた。

空虚な気持ちをかみ殺すようにして、飲み物を口に流し込んだ。

ミルクティー

――それからしばらくして、火の始末や片づけをし、邸の中に戻る。

「……ブレンダさん、ちょっといいかしら」

与えられた客室に入ろうとすると、ミランに呼び止められた。

「？　はい、どうしましたか？」

「お風呂に入る前に、私とお話ししましょう」

「それはもちろん」

こちらへどうぞ、とミランの客室の扉を開いてくれたので、有難く中に入る。

部屋の内装や家具の配置などは、私の部屋とそんなに変わらないみたいだ。

勧められるままソファーにお互いが向かい合うように座る。

「……ブレンダさん。少し待っていてね」

そう言ってミランは、使用人にお茶を持ってくるように言った。ほどなくして、紅茶――ミルクティーが二つ運ばれてきた。

「ありがとう、もう下がっていてくれる？」

ミランの言葉に使用人はお辞儀をして、下がる。

私はミルクティーの淡いベージュを眺めながら、今日起きた出来事のうち――アレクシス殿下のことを思い出していた。

ミランは、ミルクティーに口をつけると、微笑んだ。

「ブレンダさん」

「はい」

ミランはカップをテーブルに置くと、私を見つめる。

「ブレンダさんは、とても素敵な人よ」

「それは……ありがとうございます」

ミランの方が、よほど素敵だ。そう思いながら、お礼を言う。

「いいえ、だからね――」

ミランは、そっと目をふせ、カップを取ろうかどうしようかと迷っていた私の手を握った。

「そんなあなたに対して、今日の……アレクシス殿下の態度はあんまりだと思うの」

「！」

ひゅっと、息が止まる。気づかれていたんだ。

「気づくわ。大親友が悲しそうな顔をしているんですもの」

「……ミラン様」

ミランは私の心を見透かしたように、そう言って、握る力を強めた。

温かいその温度に張りつめていた気がふわりと緩む。その緩みは、熱い雫となって表れた。

「っ、ごめんなさ――」

慌てて握られていない手の方で、涙をぬぐう。

「謝らないで。大丈夫よ、ブレンダさん」

ミランはそれこそおまじないのように、大丈夫、大丈夫、と繰り返した。

大親友の大丈夫は、優しく胸に染み込み、零れ落ちる涙が止まる。

「聞いていいことか、わからないけれど……。ブレンダさんとアレクシス殿下の間に、何かあったの？　話しにくいことであれば、今の質問は忘れてね」

ゆっくりと、穏やかな口調で言われた言葉を脳内で反芻し、ミランに、この別荘に来てすぐのことを話す。

アレクシス殿下と会話をしたのは、そのときくらいだった。あとは頷きなどの反応が返ってきたり、こなかったりだったので、アレクシス殿下が夏期休暇中に急に私を嫌いになった……などでなければ、原因はそのときになる。

ミランは話を一度も遮らず、適度に相槌を打ちながら、耳を傾けてくれた。

「……なるほどね」

ミランは話を聞き終わると、呆れたように、ため息をついた。

やっぱり、私の返答が良くなかったのかな。

不安に思いながら、ミランの次の言葉を待つ。

「ブレンダさんは、悪くないわ。悪いのは、アレクシス殿下よ」

――悪くない。

その言葉に、救われた気がする。でも、問題は未解決なままだ。

「……いろいろとアレクシス殿下に私から言いたいことはあるけれど」

ミランは、そこで一度言葉を切り、私を見つめた。

「ブレンダさんは、どうしたい？」

「どうって……？」

「アレクシス殿下にあの態度を謝ってほしいのか、仲直りしたいのか、それともこのままか」

「仲直り、したいです」

ゆっくりと望みを口に出す。

「だったら、そうね――魔法の言葉を教えてあげる」

ミランは手を離して立ち上がると、私の傍までやってきて、耳打ちした。

「……え？　えっ、それが魔法の言葉なんですか？」

「ええ、そうよ。言うか言わないかは、あなた次第だけれどね」

「いえ、ありがとうございます。……試してみます」

私も立ち上がり、ミランと目をあわせる。

「ミラン様、相談にのってくださり、ありがとうございました」

「いいえ」

行ってらっしゃい、と手を振ってくれたミランに手を振りかえして、客室を出た。

アレクシス殿下が使っている客室は、一階の奥側だったと思い出しながら、階段を下りる。

その途中で、クライヴとすれ違った。

「ミラン様は、まだお部屋にいらっしゃいますよ」

「ああ、ありがとう」

「いいえ」

会釈をして、階段を最後まで下りきり、アレクシス殿下の客室へ行くと丁度アレクシス殿下がでてきた。

「アレクシス殿下……」

ナイスなタイミングだ。

……ナイス、だけれども。

アレクシス殿下は、一瞬私の方を見たけれど、また視線を逸らそうとする。

なので、ミランから聞いた魔法の言葉を唱える。

「アレクシス殿下、私……、アレクシス殿下と『一番』仲よくしたいです」

ミランに言われた通り、一番を強調しつつ最後まで言い切った。

どうかな、これで、仲直りできる？

「……っ」

アレクシス殿下は驚いたように目を見開いたあと、ふぅ、とため息をついた。

「――ブレンダ」

「は、はい」

新緑の瞳は逸らされることなく、私を見つめている。

嬉しいけど、とても緊張する。人に見つめられるって、こんなにも、緊張することだったっけ。

「すまない」

……すまない。

頭の中で、その言葉を反芻する。

「それは……」

その謝罪は仲良くしたくない、とか、そういう――。

「くだらない嫉妬で、君を困らせたな」

「え――」

嫉妬？　アレクシス殿下は嫉妬してたの？

「私は……自信がない。だから、君が他の男と楽しそうに話しているだけで、こんなにも嫉妬する。だが、その自信のなさを――君に押し付けるべきではなかった」

私が、他の男性と楽しそうに話しているだけで、嫉妬するっていう具体的な事例は、ジルバルトとクライヴについて話に花を咲かせていたことだろう。

……なんて、冷静に分析する部分があるとは裏腹に。

嫉妬する意味を探してしまう愚かな私もいた。

まだ、私のことを好きでいてくれているってこと？　そうだったら、いいのに。

……いやいや、この方は第二王子。私のような平民に拘っているべきではないわ。

でも、嬉しい。

胸の中で様々な感情が渦巻き、何も言えずにいると、アレクシス殿下は目を伏せた。

「本当に、すまない。もし良ければ、仲直りしてもらえないだろうか？」

「はい、それはもちろん」

笑顔で頷き、アレクシス殿下が差し出した手を握る。

わぁ。好きな人の手に触れるだけで、こんなにもどきどきするのね。

うるさい心臓の音に気づかれませんように！　と思いながら、手を離した。

「……ブレンダ」

「？　はい」

「ありがとう」

アレクシス殿下は、柔らかな笑みを浮かべてそう言った。

「！　い、いえ……」

その笑みに、胸がじんわりと温かくなる。

「これからは、くだらない嫉妬をしないように、気をつける。……おやすみ」

「……おやすみなさい」

やったー！　おやすみの挨拶も出来た。

私はるんるんと弾む心で、お風呂に入った。

この邸は二つ浴室があるようで、今回は女湯と男湯で分けられている。

ミランは後から入るらしいので、あまりまたせないように、でも丁寧に体の汚れや疲れを落とす。

「……はぁ」

温かなお湯は、ゆっくりと強張っていた体をほぐす。

「今日は、濃い一日だったなぁ」

別荘にきて、ダウトをして、ばーべきゅーをして、アレクシス殿下に避けられて、仲直りして。

「明日からは、どんなことをするんだろう」

どんなことでもみんなと過ごす夏期休暇は、楽しくなるに違いない。

未来の予想に胸をふくらませながら、お湯から上がった。

ひまわり畑とその夜

翌朝。小鳥の囀りで目を覚ます。あくびをしながら、ベッドから起き上がり、カーテンを開けた。

まだ、早朝のようだ。

ぼんやりと窓の外を眺めていると、ジルバルトが走っているのが見えた。

別荘なので人と出くわす可能性が低いから、早朝でも走っているのだろう。

「とりあえず、支度を整えよう」

顔を洗って、服を着替え、丁寧に櫛で梳いて寝癖を直す。

「……そういえば」

鏡を見る。

肩の高さよりも少し伸びた髪を、どうしようかと思っていた。

「きるか、伸ばすか……」

もし、兄の誘いに乗って貴族に戻るなら、伸ばす必要があるけれど。平民のままでい続けるなら、髪を伸ばす必要もない。

「うーん」

将来自分がどうなりたいかわからないから、決めきれない。

ルドフィルは、いろいろと試してみればいいって、いってくれたけど……。

「とりあえず、リヒトお兄様にもう少し保留にしてほしいって、手紙をかいておこう」

せっかく早朝に起きたのだから、今は時間がある。

そう決めて、兄に近況報告もかねて手紙を書いた。

「……ふふ」

兄に、手紙をかく。以前は、どうせ返事はかえってこないだろうな、と思いながら書いていたけれど。兄は、三年越しでも返事をくれた。

だから、ちゃんとこの手紙の返事は返ってくるだろう。そう考えると、嬉しくて口元が緩む。

嬉しさのあまり、文字が跳びはねないよう注意して、丁寧に文字を綴った。

完成した手紙を使用人の一人に預けると、いい時間になった。

そろそろ、まだ眠っていた人たちも目を覚ましだす頃だろうと考えつつ、ダイニングに向かう。

ダイニングでは、すでにジルバルトとクライヴが席に座っていた。

「おはよ、ブレンダ」

「ブレンダ嬢、おはよう」

「おはようございます」

私も席に座ると、丁度ミランがダイニングに来た。その後は、ルドフィル、アレクシス殿下の順でダイニングに集合し、朝食会が始まった。

朝食会での話題は、今日は何をして過ごすかだ。

「昼間の予定は、不参加で。少し用事があるんだ」

そう言ったのは、ルドフィルだ。

でも、なぜかみんな残念がることなく、頷いた。用事の内容を知っているのかな。

少し気になりつつも、何をしたいか、を考えた。

「そういえば、別荘から少し離れた場所だがひまわり畑があるそうだ。ミラン嬢たちは興味があるだろうか？」

ひまわり畑！　私も幼い頃——まだ母が生きていた頃、一度だけ家族と行ったことがある。

黄金の海みたいで、とても綺麗だったのを覚えている。

「私は、とても行ってみたいわ。ブレンダさんはどう？」

「はい、私も気になります」

——そうして、今日のお昼はひまわり畑にいくことになった。


ひまわり畑、楽しみだなぁ。暑いだろうから、帽子を持って行った方がいいよね。

ジルバルトが暑そうだからボクは遠慮する、といったので、結局、ひまわり畑にいくのは四人——私とミランとクライヴとアレクシス殿下になったのよね。

先ほどの話し合いを思い出しつつ、ひまわり畑にいく用意をする。

……あ、髪型はどうしようかな。

帽子を被るんだったら、馬のしっぽのような髪型はできないよね。

悩んだ挙句、髪の毛を下の方でふたつに結び、帽子を被った。少し、幼く見える気がするけど、涼しいから、今日はこの髪型にしよう。

準備ができたので、客室を出て、一階に下りるとみんなすでに集まっていた。

「お待たせいたしました！」

「それほど待っていないから、そんなに急がなくて大丈夫だ」

……良かった。クライヴの言葉にほっとしつつ、みんなの元に行く。

「では、全員そろったから出発しよう」

馬車では、私とミラン、クライヴとアレクシス殿下が隣に座った。

「あら、ブレンダさん。その髪型、初めてみたけれど、とても素敵ね」

馬車の中で帽子を取ると、ミランが褒めてくれた。

「ありがとうございます」

他の二人も口々に褒めてくれて、なんだか気恥ずかしい。

幼い、とは言われなかったので、良かった。

ほっと胸を撫でおろしつつ、話題になるのはこれから行くひまわり畑についてだ。

「これから行くひまわり畑では、迷路もあるようだ」

クライヴの言葉に、みんなが興味を示した。迷路かぁ。とても楽しそうだ。

その後も、百万本以上もひまわりが植えられているらしいことなど、様々な情報を聞いて、盛り上がっているうちに、馬車が止まった。

どうやら、着いたようだ。

ミランはクライヴに。私は、アレクシス殿下に。それぞれエスコートされて、馬車を降りる。

「……わぁ！」

目の前に広がるのは、一面のひまわりだ。とても綺麗な光景に思わず歓声を上げる。

私たち以外の観光客も多いみたいだからはぐれないように、気をつけよう。

そう思いつつ、みんなでひまわりを見て回る。ひまわり、といっても様々な種類があるようで、大きいものも、小さいものもあった。

しばらくみんなで見てまわったあと、ミランが看板を指さした。

「迷路はあちらからスタートみたい」

「よし、行ってみよう」

迷路を無事ゴールすると、ひまわりの栞がもらえるらしい。そう聞いて、がぜんやる気になった
私とミラン、アレクシス殿下とクライヴがペアを組んで、ゴールを目指すことになった。

「ブレンダさん、ちゃんと仲直りできたのね」

「はい。ありがとうございます、ミラン様」

あの後、ミランと二人きりになる時間が取れず、お礼を言うのが遅くなってしまった。

そのことを謝ると、ミランはいいのよ、と微笑んでくれた。

「一緒に頑張りましょうね」

「はい！」

ミランと一緒に迷路を進んでいると、なんだか、星集め祭のことを思い出した。

あのときは、アリーシャ・ライモンド伯爵令嬢に突き飛ばされたりして、大変だったなぁ。

まだ、ひと月ほどしか経っていないことなのに、もう懐かしく思っていると、ミランが微笑んだ。

「こうしていると、星集め祭のことを思い出すわ」

「！　私もちょうど、そのことを考えていました」

「あら、奇遇ね。さすがは大親友だわ」

「……ふふ、そうですね」

ミランの口からでる、大親友という言葉をくすぐったく思いながら微笑む。

「ぜひとも、クライヴ様やアレクシス殿下よりも早くゴールしましょうね」

「はい！」

せっかくなら、二人に勝ちたいもんね！

歩きながら大きく頷くと、ミランは笑った。

「？　どうしましたか？」

「えっ？」

「いいえ、ただ――ブレンダさんがここにはたくさんいる、って思ったのよ」

私がたくさん？　何かの謎かけだろうか。

「ブレンダさん、ひまわりにそっくりだもの」

「ええ⁉」

髪色や瞳の色からすると、全く似ていないように思う。どちらかというと、兄のほうがひまわりにそっくりな見た目をしている。そんなことを考えていると、ミランはくすくすと笑った。

「人の心を明るくする笑顔とか、眩しさがそっくりよ」

「ミラン様……！」

そう思ってもらえてるんだ。嬉しくて、ミランに抱き着くと、抱きしめ返してくれた。

「ミラン様は、花にたとえるならバラですね。美しく、気高く、そして、繊細さも胸に秘めているから」

ミランは恥ずかしそうな顔をして、さ、負けないように行きましょうと足早に歩いていった。

慌てて、それについていきながら、夏の空気を吸い込んだ。

結果は、私たちの方がアレクシス殿下たちよりも早くゴールした。賞品である栞を受け取りながら——一つ一つ若干作りが違う——ミランと、他愛ない話をしていると、アレクシス殿下たちがやってきた。

「かなり早いと思ったんだが。君たちのほうが早かったな」

少し悔しそうなアレクシス殿下やクライヴと一緒に、今度は露店に売っていたアイスを食べる。

暑かったので、生き返ったような心地だわ。

みんなで迷路の感想をいいながら、アイスを食べた後は、露店でひまわり畑の絵が描かれたポストカードを二枚買った。

みんなで少しずつお金を出し合って買ったそれは、ルドフィルとジルバルトへのお土産だ。

ミランはマイン用だと言ってもう一枚買っていたので、私も兄に送る用にもう一枚買った。

露店を見て回ったあとは、馬車に乗り込む。

暑かったので、少し疲れたけど、とても楽しかったなぁ。

帰りの馬車の時間は、ひまわり畑の感想に花を咲かせているうちに、あっという間に過ぎていった。

「おかえり」

「おかえりなさい」

別荘に帰ってくると、ジルバルトとルドフィルが出迎えてくれた。

「ルドフィル様は、もう用事が終わったんですか？」

「うん。ローリエ殿が手伝ってくれてね」

……手伝える用事って、なんだったんだろう？

また気になりつつも、ルドフィルの顔はあまり聞かないでほしいときの顔だったので、それ以上は詮索するのをやめた。

その代わりに、ルドフィルたちにみんなで買ったポストカードを渡す。

「綺麗だね」

「ありがと」

二人とも興味深そうにじっくりと眺めている。

そんな二人にみんなでひまわり畑のよさをアピールした。

「とってもきれいでしたよ」

「迷路もありましたの」

「露店で、氷菓子も食べられたぞ」

「たくさん咲いていた」

私たちの言葉に、ルドフィルは、笑った。

「そうだね、機会があれば行ってみたいな」

けれど、ジルバルトは、顔を顰めた。

「綺麗でも、暑いのはパス」

二人の対照的な発言にみんなで笑いながら、和やかに時間が過ぎた。


——夕方になった。

ばーべきゅーの美味しさにとりこになったみんなにより、今日もばーべきゅーをすることになった。

二日目となれば、手慣れたもので、さくさくと準備は進み、夕食が始まった。

今日は、昨日のようにアレクシス殿下に避けられていない。

そのことが嬉しくて、ぱくぱくと料理を食べ進めた。

「ブレンダ、あまり勢いよく食べると、喉につまる」

そう言って、アレクシス殿下が水を渡してくれた。

「ありがとうございます」

嬉しいのと恥ずかしいのがごちゃまぜになった気持ちで、そのコップを受けとる。

コップの水を飲み干すと、アレクシス殿下がまた注いでくれた。

それにお礼をいいつつ、焼きあがったお肉を食べる。すると、視線が気になった。

「？　アレクシス殿下？」

「いや、昨日の私はずいぶん勿体ないことをしていたのだと思って」

勿体ない？　どういうことだろう。

私が首をかしげると、アレクシス殿下は手を近づけた。

「ブレンダ――」

「え――」

アレクシス殿下と目が合うと、周囲の声が遠くなった気がした。それにすべてがゆっくりに感じた。

アレクシス殿下は、私の頬をそっと指で撫でると、微笑んだ。

「ほら、とれた。ソースがついていたんだ」

急に周囲の音が戻ってくる。

そして、同時に羞恥心も湧き起こった。

「あ、ありがとうございます」

は、恥ずかしい――。これでも、元貴族の令嬢だというのに。

今度は、気をつけよう。

気を引き締めて、食べている間も、アレクシス殿下は柔らかい視線で私を見つめていた。

「アレクシス殿下は食べられないのですか？」

さっきからちっとも食べてない。お皿は空のままだ。そのことを指摘すると、アレクシス殿下は笑った。

「ああ、心を満たしている」

「？　そうなんですね？」

全くどういう意味か分からなかった。

そう思っていると、アレクシス殿下が教えてくれた。

「ああ。ブレンダの美味しそうに食べる顔をみると、心が満たされるんだ」

「！」

それは自惚れたくなってしまう言葉だった。

アレクシス殿下は、やっぱり、まだ私を好いてくださっている？

……ううん。アレクシス殿下の婚約者だった時代には感情を表現しなかったから、こうして、表現しているのが物珍しいだけよ。

わかっている。わかっているのに。

じわじわと嬉しさがこみ上げるのは、どうしようもないことだった。

「……ブレンダ」

「？　はい」

アレクシス殿下は、相変わらず柔らかい視線で私を見つめている。その新緑の瞳に、魅入られていると、アレクシス殿下は苦笑した。

「そんなに嬉しそうな顔をしないでくれ」

バレてた!?

慌てて頬を押さえていると、アレクシス殿下は困ったように眉を下げた。

「今でも十分幸せなのに、これ以上を望んでしまいたくなる」

――これ以上を望む。

それって、どういうことだろう。

私が聞いても良いことなのか迷っていると、ルドフィルがやってきた。

「ブレンダ、デザートに果物をもってきたんだけど、食べる？」

「ありがとうございます、ルドフィル様」

ルドフィルに差し出されたブルーベリーを受けとる。

――その後は、結局、はぐらかされてしまって、アレクシス殿下の言葉の意味を、聞けなかった。


夕食後、お風呂に入り髪を乾かしてベッドにもぐりこむ。しばらくごろごろとベッドを転がったものの、眠気は全くやってこない。

「うーん」

その理由は明白で、アレクシス殿下の言葉が気になっていたからだった。

でも、その答えを知っているのはアレクシス殿下だけだし、私がどれだけ意味を考えても仕方がないのだけれど。

そう自分を納得させても、眠気はやってこない。そこで、カーテンを開け、窓から見える月を眺めることにした。

今日は満月らしく、とても明るい。

しばらく明るい月の綺麗さに感動していると、外に人影が見えた。

背格好と服からして、ジルバルトだろう。ジルバルトは今日は走っておらず、歩いていた。

——何をしてるのかな。

気になった私は、薄手のカーディガンを羽織り、外に出ることにした。

外は月のおかげで暗くなく、ある程度なら見える。

「ジルバルト様」

私が声をかけると、ジルバルトは振り返った。

「ブレンダ？」

そして、私に駆け寄る。

「どうしたの？」

「眠れなくて、カーテンを開けたらジルバルト様が見えたので」

ジルバルトは、それを聞くと腰に手をあてた。

「いい、ブレンダ」

……あ、この流れはもしかして。

「月が出ているとはいえ、夜遅くに外に出たら危ないでしょ」

「……ハイ」

予想通り始められたお説教を真摯に受け止める。

「……それにボクだって男だから、ブレンダよりも力はある。もし、ボクが無理やり手を掴んだら、ブレンダは抵抗できないよ」

「……ハイ」

「もし、こういう夜歩きを繰り返して、ブレンダの身に何かあったらと思うと、ボクは心配」

「はい……ごめんなさい。軽率でした」

素直に謝ると、ジルバルトはようやく腰にあてた手を下ろした。

「わかったなら、いいけど」

そう言って、ジルバルトは片腕を差し出した。

「ありがとうございます」

「うん」

ジルバルトにエスコートされて向かったのは、別荘の玄関の方向じゃなかった。

「ジルバルト様……?」

「眠れないんでしょ」

そう言って、今日だけね、と微笑んだジルバルトは優しい瞳をしていた。


ジルバルトにエスコートされながらの散歩は、とても楽しかった。

ぐるりと別荘の近くを一周し、今度こそ別荘の中に入る。

……でも、まだ眠れそうにない。

さすがに、エスコートしてもらった後に、そんなことは言えなかったので大人しくおやすみの挨拶をして、自分の客室に戻ろうとすると声をかけられた。

「ブレンダ」

「……はい」

ジルバルトは微笑んでいる。

「まだ眠れそうにないんでしょ」

「！」

図星を指されてぱちぱちと瞬きをする。

ジルバルトは苦笑して、おいで、と手招きした。

ジルバルトについていくと、厨房に着いた。

「料理でもするんですか？」

あれ、でも、ジルバルトは料理できる人じゃなかったような。そう思って、首をかしげる。

「料理じゃないよ」

ジルバルトはそう言うと、ココアを淹れてくれた。

「ありがとうございます」

「うん」

甘いココアは、ほっとする。体に染み渡る甘さを堪能しながら、話しかける。

「ジルバルト様は……」

夏期休暇の間、一度も実家に帰らなかったのかな。

そう聞こうとしたところで、思い出した。ジルバルトの家は、ジルバルトの弟が継ぐことが決まっている。それに、ジルバルトは貴族籍を抜けるとも言っていた。

「ん？」

ジルバルトは、呼びかけたまま、次の言葉がない私に首をかしげた。

「あ、いえ……」

「もしかして、ボクの家族のこととか考えてた？」

「！」

びっくりして、カップを落としかけ、慌ててぎゅっと握る。

なんでお見通しなんだろう。

「ブレンダって、本当わかりやすいよね」

小さく笑うと、ジルバルトは自分もココアに口をつけた。

「別に……まぁ、他の誰かに詮索されるなら嫌だけど。ブレンダなら嫌じゃない」

甘いね、と言ってカップを置き、ジルバルトは、続けた。

「三日だけ帰ったよ。一応、最後の夏期休暇だし」

「そうなんですね」

「弟は可愛かったけど、相変わらずあの家は――息が詰まる」

息が詰まる、といった時のジルバルトは、本当に苦しそうな表情をしていた。

何といったらいいのか分からずにいると、ジルバルトは表情を変えた。

「……ところで。ブレンダのお兄さんってどんなひと？」

「兄……ですか？」

「うん。前にブレンダの過去の話を聞いたときから気になっていたんだよね」

ジルバルトに私の過去——父が母が亡くなってから狂ったことなどを話したときに、そういえば兄が出てきてたな、と思い出す。

「私は、ずっと嫌われていると思っていたんですけど……実はそうではないみたいで」

「うん」

頷いたジルバルトは、優しい瞳をしていた。

「最近そのことを知ったので、嬉しい半面、戸惑っています」

「そっか」

良かったね、と微笑んだジルバルトは、私の空になったカップに気づいた。

「どう？　そろそろ眠くなったんじゃない？」

そういえば、確かに、頭がぼんやりしてきた。

「はい。おやすみなさい。付き合ってくださり、ありがとうございました」

「うん、おやすみ、ブレンダ」

ジルバルトはそう言うと、私の頭に手をおき——。

——バチッ。

「!?」

お互い驚いて、体を離す。

「いた、静電気かな？　……まぁ、いいや。おやすみ、ブレンダ」

「はい。おやすみなさい」

その日の夜は夢も見ないほど、深く、眠った。

きっかけ

翌朝、昨日のように朝食をとりながら、何をして過ごすか話し合い、その結果、今日は別荘の近くにある湖に行くことになった。

「湖かぁ……」

ボートもあるし、魚釣りもできるみたいだ。

客室で準備を整えながら、今日はどんな髪型でいこうか考えていた。暑いだろうし、帽子はいるよね。

悩んだ挙句、髪を切ることにした。

私は、今のところ平民でい続けたい気持ちの方が強い。

まだ、確実に平民だ、とは決められないけど。やっぱり今は自由を満喫したいから。

だから、中途半端な長さまで伸びた髪をそのままにしておくのは、なんだか違う気がする。

それに、貴族に戻るならまたそのときに伸ばせばいいもの。

ミランに以前切ってもらった時のことを思い出しながら、髪を切った。

「よし！」

今日も夏を満喫するぞー！

ワクワクしながら、客室から出た。


今日は全員参加することになったので、みんなで話しながら、湖までを歩く。

「魚は、どんなものが釣れるんですか？」

隣にいた釣り道具を運んでくれているルドフィルに話しかけると、ルドフィルは笑顔で教えてくれた。

「パイクなどの淡水魚がとれるみたいだよ」

「そうなんですね！」

私も釣りに挑戦してみようかな……。

ちなみに、ボートは基本二人乗りか一人乗りらしい。

ミランとクライヴはおそらく一緒にのるだろうけれど……。一人で漕ぐのも楽しそうだ！

みんなでわいわい話しながら、歩くとあっという間に、湖についた。

「綺麗だわ！」

「綺麗ですね！」

日の光できらきらと輝く水面は、とても美しかった。

「マーカスくん、ボクも釣りしてみたい」

「もちろんですよ、ローリエ殿」

ルドフィルとジルバルトは釣りをするらしい。

「ミラン嬢、一緒にボートに乗らないか？」

「はい、もちろんです」

やっぱり、ミランとクライヴは一緒にのるみたいだ。私も邪魔しないように、少し離れて一人乗りボートに乗ってみようかな。

そう決めてボートの方へ向かっていると、声をかけられた。

「ブレンダ」

「はい。なんでしょう？」

胸を高鳴らせながら、振り返る。思った通り、その声の主はアレクシス殿下だった。

「よければ、一緒にのらないか」

「私で良ければ、よろこんで！」

満面の笑みを浮かべる。好きな人と一緒にボートに乗れるなんて、夢みたいだ。

アレクシス殿下が先にボートに乗り込み、私に手を差し出してくれた。

「わっ！」

「大丈夫か？」

意外と揺れたので、体重移動に気をつけながら、そーっとボートに乗り込む。

「はい。ありがとうございます」

二人乗りといっても、オールはアレクシス殿下側にしかついてないので、私は漕げそうもない。

……少し残念だ。

ゆっくりとオールを漕いでいる、アレクシス殿下を見つめる。

「……アレクシス殿下」

「どうした？」

新緑の瞳は、穏やかな色を湛えている。その瞳を見つめ、どきどきしながら尋ねた。

「アレクシス殿下は憶えていらっしゃいますか？」

……憶えてるかな。憶えているといいな。

「もしかして、昔、ロイと君と私の三人でボートに乗った日のことか？」

良かった。憶えていてくれた！

「はい！」

嬉しくて、声が弾んでいるのが自分でもわかる。

そう、昔――私とアレクシス殿下がまだ婚約者になりたての頃。一度だけ、アレクシス殿下とその侍従のロイとボートに乗ったことがあるのだ。

「懐かしいですね」

「そうだな」

「……ふふ」

あの頃の様子を思い出して、笑う。

アレクシス殿下は、目を伏せた。

「どうしましたか？」

アレクシス殿下を見つめる。

「あの頃の私は、君にどう接すればいいかわからなかった。私たちの間に挟まれたロイが伝書鳩のような役割をしていたな……」

「そうでしたね」

アレクシス殿下がロイに話しかけて、その内容をロイが私に話しかけて。

婚約者時代はそもそもいつだって仲が良いとは言えなかったけど、それでも婚約したばかりというのもあって、一番ぎこちなかった。

ロイが必死で、私は（表現しなかったけれど）緊張していて、アレクシス殿下は――ぼんやりとした瞳だった。

「……ブレンダ」

「はい」

アレクシス殿下は、湖の真ん中の辺りで、オールを止めた。

「あの頃の私は意思というものがまるで、なかった」

「……そうですね」

あの頃のアレクシス殿下は、いつも無表情なのが印象的だった。それこそ、感情を殺していた私よりも、無表情だったかもしれない。私は、一応微笑をはりつけていたし。

「私は、当時、個というものがなかった。きっかけは――海だった」

それは、初めて聞く話だった。

周囲の音が聞こえなくなるのを感じながら、アレクシス殿下の話に耳を傾ける。

「君も知っての通り、私はあまり期待されずに育った。兄という、輝かしいばかりの存在がいたから、私はスペアとしてさえも、興味を持ってもらえなかった」

確かに昔からアレクシス殿下の兄である、王太子殿下は多芸多才な人で有名だった。

「そんな父がある日、公務以外で、初めて私を連れて二人で外出するといった」

アレクシス殿下は、そこで、細く長い息を吐きだした。

「行き先は海だ。私は初めて期待、というものを覚えた」

微笑を浮かべ、アレクシス殿下は続ける。

「まぁ、その期待も意味はなかった。結論から言うと――海には行かなかったんだ」

「！」

ひゅっと、喉が変な音をたてた。

期待をしたアレクシス殿下の落胆を想い、胸が痛くなる。

「兄が……熱を出したんだ。ご想像の通り、兄を優先した父によって、海への外出は無くなった」

「……」

「それ以来、私の中で人なみに存在していた、感情も希薄になった」

当時のぼんやりとした、アレクシス殿下の瞳を思い出す。あれは、全てを諦めた瞳だったんだ。

「その後も兄には、溢れんばかりの愛も贈り物も側近も、全てが与えられた」

アレクシス殿下は続ける。

「対して、期待を全くと言っていいほどされていない私に与えられたのは、兄がいらないと切り捨てたお下がりだった」

「……そんな」

アレクシス殿下は微笑を消し、目を伏せた。

「だが、もうそれでよかった。悔しいだとか、悲しいだとかそんな感情も浮かんでこなかった」

悲しい。……過去はどうにもできないとわかっているのに。

どうしようもなく、悲しくて、悔しい気持ちが、私の中に広がる。

「……自分は何が好きで、何が嫌いかさえわからなかった。だが――」

アレクシス殿下は、目を開けて、ふわりと微笑んだ。

「そんな私に、初めて好きなものができた」

アレクシス殿下の好きなもの。ピアノ、ポワレ、それから春など様々なことを思い浮かべる。

「私が初めて好きになったもの。それは、水色だ」

確かに、アレクシス殿下は昔から水色が好きだった。いつから、好きだったのかわからないけれど。

「水色が好きになったのは」

――アレクシス殿下の瞳にはしっかりと意思が宿っていた。

「君の色だからだ」

「！」

激しいほどの熱を帯びた視線に見つめられ、胸が高鳴る。

私は思わず、アレクシス殿下に手を伸ば――。

「ブレンダさん、アレクシス殿下！」

急に、世界に音が戻って来た。

「……ミラン様、クライヴ様」

こちらに振られた手を振り返す。

ミランとクライヴがのったボートが徐々にこちらに近づいてきた。

「そろそろお昼休憩にしないか？」

クライヴの言葉にアレクシス殿下が頷いた。

「たしかに、もういい時間だな」

「……え？」

空を見上げると、太陽が高い位置にあった。

「では、戻ろうか、ブレンダ」

アレクシス殿下は微笑んで、私を見る。

本当は、あの話の続きを聞きたい。でも、もう聞けるような雰囲気ではなくなってしまった。

「はい」

なので頷くしかなかった。

ボートを漕ぐ、アレクシス殿下を見つめる。

「？　ブレンダ？」

みつめすぎてしまったようで、アレクシス殿下は首をかしげた。

「どうした？」

「いえ……」

そうか、と微笑むアレクシス殿下からは、先ほどの熱は感じられない。穏やかな光があるのみだった。

あの熱を帯びた瞳を胸の中に刻み込むように。私は、そっと目を伏せた。


——その後。

お昼休憩——事前に使用人が持たせてくれたサンドイッチを食べて、また湖遊びは再開した。

アレクシス殿下のことが気にかかりつつも、また二人になる機会はなかなか見つからない。

アレクシス殿下のまねをして、今度は釣りに挑戦してみたのだけれど——私、ルドフィル、アレクシス殿下で横に並んでいて、話はできそうになかった。

「ブレンダ、竿がひいてるよ！」

「……え？」

先ほどのアレクシス殿下のことを考えながら、釣り糸を垂らして静止していると、ルドフィルに声をかけられた。

思わず竿に目線をやると、ぶるぶると振動している。

「えっ、えっ⁉」

こ、これどうすればいいの⁉

混乱する私の後ろから抱き着くような形で、ルドフィルは竿を握ると、思いっきり斜め上に引き上げた。

「よし、釣れたね！」

ルドフィルは手際よく、陸にあげた魚から釣り針を外すと、氷がたくさん入った箱の中に入れた。

「ルドフィル様、すごいですね！」

すごい、以外の言葉が見つからなかった。

「せっかく自分で釣れそうだったのに、手だししてごめんね」

「いいえ、ありがとうございます。どうすればいいのかわからなかったので、助かりました」

――ビチビチッ。

「え？」

魚が地面でまたはねている。

はねた魚は手際よく、釣り針をはずされ、箱の中に入れられた。

――ビチビチッ。

その一分後に、また新たな魚が釣り針を外される。

「……アレクシス、殿下？」

私とルドフィルは、呆然とした顔でアレクシス殿下を見た。

「どうかしたのか？」

アレクシス殿下は、また魚を釣り上げながら、不思議そうな顔をした。

「どうしたって……」

私とルドフィルは顔を見合わせた。

箱の中には、まだ開始して十分程度だというのに、既に八匹以上の魚が箱の中に入れられていた。

いくら何でも、ハイペース過ぎないだろうか。

え？　釣りってそんなにひょいひょい釣れるものだったっけ。

「ルドフィル様、この湖って、そんなに簡単に釣れますか？」

先ほども、ジルバルトと釣りをしていたルドフィルは、知っているはず。そう思いながら、尋ねるとルドフィルは首を振った。

「午前中は、合計で二匹しか釣れなかったよ」

……ということは。

「アレクシス殿下は、釣りがお得意なんですね」

「得意というほどのものでもない。誰でも、この程度は釣れると思う」

そう言いながら、また、魚が陸にあがった。

「……」

私とルドフィルは再び顔を見合わせた。

お互い声に出さなかったけれど。考えていることは同じだったと思う。

――これが得意じゃなかったら、いったい誰が得意だと言えるというのだろう。

私は、釣り糸を垂らすのをやめ、ひたすら、アレクシス殿下の早業《はやわざ》に見入っていた。

ルドフィルは箱と、アレクシス殿下の釣った魚を交互に見ていた。おそらく、箱の容量を気にしているのだろう。

その後も、ポンポンと釣り続けるアレクシス殿下は、二十分ぐらい経って、ようやく満足したようだった。

「……こんなものだな」

いつの間にか、他のみんなも集まっていて、みんなで拍手をした。

……すごい。

それ以外の言葉が浮かばなかった。

みんな口々に、ほめたたえる。

けれど、アレクシス殿下はやっぱり不思議そうな顔をして、

「これくらい、別に普通だ」

と、首をかしげるのみだった。

――その後は、魚の鮮度の維持が気になったので、予定より早いけれど、別荘に帰ることになった。

私とミランは女性だから、という理由で断られ持っていないけれど、男子陣は、重そうな箱を抱

えている。

ルドフィルは鍛えているのか、一番涼しい顔をしているけれど、ジルバルトは目が死んでいた。

運ぶのに力を割くため、口数が少ない男子陣とは裏腹に、何も持っていない私とミランは楽しくおしゃべりをしながら帰り道を歩いた。


その夜。夕食は満場一致で、魚料理になった。

今日は、この別荘にも一人だけいる料理人が腕を振るってくれた。

「わぁ……」

次々に運ばれてくる料理の数々に、歓声をあげる。

——けれど。

「え……？」

十品目を超えたあたりから、みんなの顔色は悪くなっていった。

流石に、料理人もレパートリーが切れたのか、十五品目以降は、焼いて、そのソースがそれぞれ違うだけだった。

最終的に二十品並んだ魚料理を、みんな無言で黙々と食べ進める。

「うっ」

早々に限界がきた私とミランは、男子陣の好意により、リタイアと、お風呂に入ることが許された。

お風呂から上がって、髪を乾かした後。

……男子たちは、どうなったかな。

気になったので、薄手のカーディガンを羽織って、ミランとダイニングに行く。

そこには綺麗に完食されたお皿と、屍のように机につっぷしている男子の姿があった。

「お疲れ様です」

私とミランは、お水と胃薬をそれぞれに渡して回った。

――ちなみにこの事件は私たちの間で、後に「魔の魚料理事件」と呼ばれることになる。


男子たちのおかげで、そんなに苦しくないお腹をさすって、ベッドにもぐりこむ。

今日は、いろいろなことがあった。

みんなで湖にいったこと。アレクシス殿下の過去を聞いたこと。熱のこもった視線で見つめられたこと。魚釣りをしたこと。アレクシス殿下が魚釣りが得意だったこと。魚料理がたくさん並んだこと。

それでも、一番印象に残っているのは、やっぱり。

――君の色だからだ。

そういったときの、アレクシス殿下の瞳、だった。

あの熱い瞳を思い浮かべながら、目を閉じた。

あの日のこと

数日、体が重くて動きたくない、動けないという男子たちの要望により、大人しく別荘の中で過ごす日が続いた。……といっても、ジルバルトはなぜかたまにいない日もあったけど。

私はあの日から、アレクシス殿下と二人で話をする機会を窺っていたのだけれど。

大人数で過ごす中で、そんなに都合よく、二人きりでゆっくり話せる場所も時間もなかった。

いつものように朝食をとりながら、今日の予定を決める。

「さっき、新聞で見たんだけど。ホラーハウスが近くにできたらしいよ」

そう言ったのは、ジルバルトだった。

アレクシス殿下を除いて、みんなその話に食いついた。

今日の予定は、ホラーハウスになるに違いない。

「今回はご遠慮させてください」

私がそういうと、一斉に、みんなが振り向いた。

「幽霊が苦手なので……」

苦笑いを浮かべて付け加えると、納得した顔をしたみんなは、今度は誰が残るか、という話になった。どうやら、私ひとりだと退屈だろうと、気を遣ってくれたみたいだ。

それなら……、と私はひそかに、心の中で願った。

「私が残ろう」

まっさきに、手を挙げてくれたのは、願い通りの人だった。

「ブレンダさんが残るなら、私も……」

「いや、ミラン嬢。私だけで十分だろう。丁度、しなければならなかったこともあったし、君は楽しんでくるといい」

アレクシス殿下の言葉に、ミランはそれなら、と手を引っ込めた。

それで、話し合いはまとまり、朝食会は終わった。


「いってらっしゃいませ」

「気を付けて」

私とアレクシス殿下の言葉に、笑顔で手を振ったミランたちは、馬車に乗り込んだ。

馬車を見届けてから、二人で別荘の中に入る。

「……アレクシス殿下」

「どうした?」

私は、微笑んだ。

「ありがとうございます。残ってくださって」

「いや、私もすべきことがあったから」

すべきことって、何だろう？

不思議に思いつつ、アレクシス殿下に尋ねる。

「アレクシス殿下、もしよろしければ、一緒にお茶を飲みませんか？」

「もちろんだ」

その笑みに、胸が熱くなるのを感じながら、応接室に行った。

使用人に紅茶を入れてもらい、カップに口をつける。

温かい紅茶は、体にじんわりと染み込んだ。

「ところで、アレクシス殿下は……」

「？」

瞬きをしたアレクシス殿下を見つめる。

新緑の瞳、意思を宿したその瞳を眺めながら、私は続けた。

「まだ、幽霊が苦手ですか？」

「⁉　ごほっ」

盛大に咳き込みだしたアレクシス殿下に慌てて駆け寄り、その背中を摩る。

「……ありがとう。もう、大丈夫だ」

涙目になっているその表情はとても貴重で、心のなかにしっかりと刻み込んだ。

「どうして、そのことを――……」

思い出してくれたかな。そうだといいな。でも、昔のことだし、忘れられてるかも。

期待と不安がごちゃまぜになった気持ちで、言葉をとめたアレクシス殿下を、見つめる。

目を見開いて、そのあとぱちぱちと瞬きをしたアレクシス殿下は、息を吐き出した。

「そう、だったな……」

アレクシス殿下の唇が懐かしむように小さく弧を描く。

「だが、ブレンダに言ったのは一回だけだったはずだ」

そんなの。元婚約者で、現好きな人の言葉を聞き漏らすはずがないわ。

でも、そんなことは言えないので、代わりに、記憶力はいいんです、と微笑んだ。

「記憶力……たしかにブレンダは、暗記が必要な語学が得意だったな」

「！　そうですね」

私の得意科目憶えてくれていたんだ！

嬉しくて、口元が緩む。

「……ブレンダ」

「？　はい」

名前を呼ばれ、首をかしげる。

「だが、あのとき、君は──」

アレクシス殿下は新緑の瞳で私を見つめていた。

「幽霊なんていないといっていた」

「……そう、でしたか？」

とぼけてみる。

けれど、アレクシス殿下の穏やかな瞳に見つめ続けられ、とぼけ続けても意味はないな、と悟った。

「……はい。私は、幽霊を信じていません」

だって、本当に幽霊がいるのなら、私の母は――必ず現れるはずだ。

愛情深い人だった。兄や私のことも心配だろうし、狂った父を放っておくはずがないわ。

そう思いながら、アレクシス殿下の瞳を見つめ返す。

「もしかして、私が不参加を選びやすいようにしてくれたのか？」

一人欠席すれば、欠席しやすくなるから。そう付け足して、アレクシス殿下は、首を振った。

「いや――そうだ。君は昔から、そういう人だった。だって……」

アレクシス殿下は語りだした。――私たちの過去のことを。

◇◇◇

私たちが、一緒にでかけた日のことを憶えているだろうか。丁度、婚約して一年が経った頃のことだ。

王城で会話をしながら、紅茶を飲んだ。いつもならそれだけで解散なのに、その日は気まぐれを起こした。

私から君に一緒に出掛けよう、と誘ったんだ。君はいつものように微笑をはりつけ、頷いた。

そこで外に出て馬車に乗り込もうとしたとき、私は、あるものに気づいた。『それ』から目が離せなくなり、足が止まった。『それ』はどうしようもなく、私が苦手なものだった。

首をかしげた君に理由を説明することも出来ずに、無言で城の中に入った。

どうしよう。馬車の位置をずらしてもらうか？　いや、そんなことをすればなぜ――と理由を説明しなければいけなくなる。

しかしそれは、私にとってこの上ない苦痛だ。

ぐるぐると悩んだ。だが、しばらくして理由も言わずに、君を置いてけぼりにして、城の中に戻って来たことを思い出した。

慌てて、また外に出て君の姿を見たんだ。

君は、それを――虫の死骸をハンカチで包むと、近くの花壇の中に埋めた。

「……ブレンダ？」

私が呆然と君の名前を呼ぶと、君は相変わらずはりつけた微笑でいった。

「花を眺めておりました。アレクシス殿下、もうご用はすまされましたか？」

虫を片付けたことなんて、口に出さずに、君は首をかしげた。

「……ああ。忘れ物をしてな」

「そうなんですね」

特に何も持っていない私の白々しい嘘を、君は追及することなく頷いた。

「では、いきましょうか」

そういった、君に手を差し出した。

「……ああ。ありがとう」

◇◇◇

――アレクシス殿下の語った過去は、私も憶えている。

でも、虫を除いたことを知られているのは、知らなかった。てっきり、気づかれていないと思っていたのに。

アレクシス殿下は話し終わると、ため息をついた。

「アレクシス殿下？」

私に虫が嫌いだと気づかれていたことが、嫌だったのかな。

そう思い、首をかしげると、アレクシス殿下は首を振った。

「ああ、いや……。過去の私の愚かさについて考えていた」

「愚かさ……ですか」

なんだろう。今のエピソードに愚かな部分があっただろうか。

アレクシス殿下は紅茶に砂糖を入れて、くるくるとかきまぜた。

「……ああ」

頷きながらしばらくかきまぜた後、紅茶を飲み干す。

「……甘いな」

小さく呟いて、アレクシス殿下は私を見つめた。

「あの日——確かに、私は君の優しさに触れたんだ。……だが」

——その優しさを、見ないふりをした。ただの偶然、ということにして。

顔を顰めてそう続けたアレクシス殿下を見つめる。

「当時から、ブレンダは私にとって、特別な存在だった」

「！」

……そうなのかな。アレクシス殿下は、私を嫌っていたように思っていたし、実際に以前嫌っていたと言われた。

でも、嫌い、というのもある意味では特別なのかもしれない。

「以前話した……水色をきっかけに、好き、という感情を認識した私は、ようやく意思が芽生えた。ブレンダは、私に彩りをくれたんだ」

だが……、とそこで言葉を止め、アレクシス殿下は目を伏せた。

「私は、君を嫌いの箱に閉じ込めた。本当の君を——感情豊かな君を見せてくれないなら、一緒にいる意味がないと思った。理由を、ただ聞けばよかったのに」

「いえ、でもそれは——」

私にも責任があった。理由を伝えられていたら、私たちはもっと理解しあえていたのかもしれない。

いや、とアレクシス殿下は首を振って、私の言葉を遮った。

「ブレンダ、ダンスパーティーで君とダンスを踊ったときも思った。かつての私はあんなに何度もダンスを踊る機会があったのに……」

――ダンス中、一度も君と目をあわせなかった。

まるで、懺悔するかのような言葉に、私は言葉を失った。

その後も、アレクシス殿下の静かな言葉は続いた。

「ほかにも……君に贈るものさえ、いつもロイに任せて、一度も選んだことがなかった。初めて私がした贈り物は、ダンスパーティーのドレスだった」

確かに。いつも、手紙の文字や贈り物のセンスがアレクシス殿下とは違っていた。まさか、ロイが選んだものとは思わなかったけれど。

「私は……最近、よく考えるんだ。あのとき、ああしていたら、こうしていたらって」

「……アレクシス殿下」

でも、過去は変えられない。だから――。

「では、今を変えませんか？」

私の言葉に、アレクシス殿下はぱちぱちと瞬きをした。

「今、を？」

「はい。過去を変えるのは、魔法を使ったりでもしないかぎり、無理ですが。今なら、まだ、変えられます」

「！」

アレクシス殿下は、目を見開いた。私、変なこと言ったかな？

「……そうだな。私は……」

アレクシス殿下は、そこで、言葉を止めた。

「アレクシス殿下？」

「いや、なんでもない」

何でもないわけないと気づいたけど、それを指摘できずに、話を続ける。

「アレクシス殿下、さきほど、今を変えようと言いましたが……」

私も過去を思い返す。

「私も、過去――特にアレクシス殿下との過去に反省すべき点がたくさんあります。ですので、一緒に、今を改善していけたら、と思っています」

そう言って微笑むと、アレクシス殿下はなぜか、瞳を揺らして、頷いた。

「……ああ」

「アレクシス殿下？」

「そう、できたらいいな……」

何とも含みのある言葉に、首をかしげる。

「すまない、私の問題だ」

そう言われたら、納得するしかない。

「……ところで」

気を取り直して、アレクシス殿下に尋ねる。

「？」

「アレクシス殿下はこの後、用事があるんですよね」

長い時間を貰ってしまって申し訳ないな。

そう思っていると、アレクシス殿下は微笑んだ。

「そのことなんだが……、ブレンダさえよければ一緒に出掛けないか？」

「え？」

「私の用事は、探し物なんだが、君と一緒ならすぐにみつかりそうだ」

「……お役にたてるなら、それはもちろんですが――」

探し物？　私と一緒なら、すぐに見つかる？

謎の言葉に、首をかしげつつ頷くと、アレクシス殿下は嬉しそうに笑った。

「決まりだな。早速でかけよう」


アレクシス殿下と、馬車に乗り込む。一応足元を確認したけれど、虫はいなかった。

ほっと胸を撫でおろしつつ、馬車内に入ると、アレクシス殿下が苦笑していた。

「確認してくれて、ありがとう」

「……いえ！」

バレてた！

思わず羞恥で頬に血が上るのを感じながら、首を振った。

向かい合って馬車に揺られながら、ふと、アレクシス殿下を見る。

アレクシス殿下は、何か考え事をしているのか。ぼんやりとした瞳で、窓の外を眺めていた。

邪魔をしないように視線を外し、心地よい振動に身を委ねる。

今日はとても濃い一日だなぁ。

私は、さきほどアレクシス殿下と話したことを思い出しながら、そっと目を閉じた。


「ブレンダ」

「ん……」

控えめに体をゆすられ、目を覚ます。

「！」

現状を確認して、頬が熱くなる。目を閉じただけで、寝るつもりはなかったのに。

「申し訳ありません……」

アレクシス殿下とのせっかくのおでかけを寝て過ごしてしまった……！

落ち込みながら謝ると、アレクシス殿下は微笑んだ。

「大丈夫だ。疲労がたまっていたんだろう」

そう言って馬車からおりて、アレクシス殿下は手を差し出した。

「ありがとうございます」

お礼をいって、その手を掴んで馬車から降りる。

目の前に広がっていたのは……高級なお店が立ち並ぶ、有名な通りだった。

「お買い物ですか？」

首をかしげた私に、アレクシス殿下は笑った。

「……そんなところだ。さぁ、ブレンダ、行こう」


アレクシス殿下にエスコートされながら、様々なお店を回った。けれど、宝石店、衣料品店、雑貨店……などのどのお店にもアレクシス殿下の探し物は見つからないようだった。

「……あ」

ふと、ある店を眺めて、私の足が止まる。

「なにか気になる店でも……楽器店か」

「はい。懐かしいな、と思いまして」

私は、バイオリンを貴族時代に習っていたのだけれど、初めての分数バイオリンは、その店で買ったのだ。

そのことを、アレクシス殿下に伝えると、アレクシス殿下は、微笑んだ。

「行ってみよう」

「でも……」

アレクシス殿下の探し物は、楽器店にあるとは思えないわ。

そう思って、首を振ろうとしたら、意外なことを言われた。

「探し物が見つかるかもしれない。だから、行こう」

「そうなんですか？」

「ああ」

それなら私に断る理由はない。頷いて、楽器店の中に入る。

楽器店は様々な楽器が飾ってあったけれど、私の目を引くのはやっぱりバイオリンだ。

「わぁ……」

その中でも特に気になったのは、落ち着いた色合いのものだった。

「試奏もできますよ」

お店の人に声をかけられ、首を振る。バイオリンを買えるほどのお金はもってきていないし、また、そんな余裕もなかった。

「せっかくだから、弾いてみたらどうだ？」

弾いてしまったら、欲しくなってしまうかもしれない。

そう思って渋る私に、アレクシス殿下は続けた。

「ブレンダの音色を聞きたいんだ」

「！　わかりました」

好きな人に真剣な瞳でそう言われて、断れるはずがなかった。

私は心が弾むのを感じながら、試奏の為に設けられた一角で、弾いた。

「！」

……わ、すごい。

弾きやすく、それでいて上品な音に感動する。たまたま貸してもらった弓との相性もよさそうだ。

一曲弾き終えると、アレクシス殿下が拍手をしてくれた。

「……ありがとうございます」

少し恥ずかしく思いながら、お礼を言う。

「気に入ったか？」

「はい」

頷く。気に入って、欲しい、と思ってしまった。

でも、そんなお金はないし。

気持ちを切り替えて、アレクシス殿下の探し物がないか、一緒に見て回っていると、アレクシス殿下は、言った。

「……ブレンダ」

「？　はい」

「ちょうど、探し物がみつかったんだ」

えっ。今見ていたのは、楽譜のコーナーだ。アレクシス殿下は、楽譜が欲しかったのかな。

「会計をしてくるから、少し外で待っていてくれ」

「わかりました」

外でそわそわしながら、待っているとほどなくして、アレクシス殿下はやってきた。

けれど、その手には何もない。

「あれ……」

私がそのことを指摘しようとすると、アレクシス殿下は微笑んだ。

「……ああ、送ってもらうことにしたんだ」

「そうなんですね！」

なるほど。それなら、今は手元にないのも納得だ。

二人で馬車に乗り込み、今日のお買い物で見た物の話をしているうちに、馬車の時間はあっという間に過ぎた。

「ブレンダ、今日は付き合ってくれてありがとう」

「いえ、こちらこそとても楽しかったです。ありがとうございました」

別荘につくと、他のみんなはもう別荘についていた。

「おかえり！　もう、ほんとにこわかったよ！」

出迎えてくれたみんなのホラーハウスの感想に耳をかたむける。

「ブレンダさん、今夜は一緒に眠ってくださらない？」

「ボクはぜんぜんこわく……」

「嘘だな。ジルの悲鳴が一番大きかったぞ」

「ちょっと、クライヴ！」

ホラーハウスでの出来事や、私たちのお買い物の話をしているうちに、夜は更けていった。

プレゼント

「んん……」

ふわぁ、とおおきく伸びをして起き上がる。今日もとってもいい朝だ。

朝の支度を整え、いつものようにダイニングに向かう。

今日は、何をするんだろう。

「？」

ダイニングに向かう途中で、華やかに彩られた廊下を見た。様々な模様の紙飾りがところどころに、飾られている。

「今日はお祭りでもあったかな……」

でも、何も聞いていない。

そう思いながら、階段を下りると、五人が勢ぞろいしていた。

「⁉」

「寝坊しましたか⁉　すみま……」

「お誕生日、おめでとう！」

そういって、みんなにぱちぱちと拍手をされる。

「……え？」

お誕生日。誰の？

きょろきょろと辺りを見回すけれど、五人の前に立っているのは私しかいない。

「今日は……あ」

慌てて今日の日付を思い出すと、確かに私の生まれた日だった。最近、日付感覚がすっかりなくなっていた自分を反省しつつ、微笑んだ。

「……ありがとうございます」

でも、こんなにも盛大に祝ってもらえるのは、嬉しい半面少々気恥ずかしい。

「ブレンダさん、十六歳おめでとう」

ミランに抱き着かれたので、抱きしめ返す。

他のみんなも口々におめでとう、といってくれた。

「ありがとうございます。この飾りつけはもしかして……」

「ほら、僕が用事があるっていってたときがあったでしょ？　そのときにローリエ殿と買いに行ったんだ」

そんなに前から計画されていたことなんだ！

驚きつつ、じわじわとまた喜びが湧き上がる。

「みなさん、ありがとうございます」

「……ふふ。ブレンダさん、お誕生日はまだ始まったばかりよ」

ミランは、そういうと、私をダイニングへと連れて行った。

「わぁ……」

ダイニングも綺麗に飾り付けられていた。

「どうぞ、ブレンダさん」

ミランに椅子をひかれたのは、もちろんお誕生日席だ。お礼をいって、その席に座る。

大きなお誕生日ケーキに肉料理に魚料理……様々な料理がたくさん並べられているのが見渡せる。

感動していると、ジルバルトが教えてくれた。

「料理は、料理人だけど――この大きなケーキを焼いたのは、マーカスくんだよ」

「え、ルドフィル様が……？」

ルドフィルが、料理が趣味なことは知っているけど、こんなに大きなケーキを焼いてくれたのは、初めてだ。

「うん。ブレンダの為に、張り切ったんだ」

「ありがとうございます！」

「ううん、喜んでもらえたなら、良かった」

その後、みんなが席についたのを確認して、クライヴがコップを掲げる。

「ブレンダ嬢、お誕生日おめでとう。……それでは、乾杯！」

「乾杯！」

みんなでわいわい言いながら、料理をとりわけ、食べ進める。

「ブレンダにばれないように、飾りつけをするのが大変だったね」

「いつ起きるか、ひやひやしてたな」

「ブレンダさん、このお肉料理もとっても美味しいわよ。お勧めするわ」

「ありがとうございます」

「食後にケーキもあるからね」

――とっても、楽しく、嬉しい食事会は、あっという間に過ぎていった。


食後は、みんないそいそと自室に戻っていったので、私も戻ろうとしていると、ミランとクライヴに声をかけられた。

「ブレンダさん！」

「？　どうしましたか？」

二人は、笑いながら包みを私に手渡した。

「お誕生日おめでとう、ブレンダ嬢」

「あけてみて！」

お礼をいって、包みをあける。入っていたのは――。

可愛らしい小瓶だった。華奢な小瓶の蓋を開けると……。

爽やかでいて、夏らしい香りが胸いっぱいに広がった。

「わぁ、いい香りですね！」

「ふふ、私が選んだの」

ミランの笑みに、ミランが言っていたことを思い出す。

――今度、ブレンダさんにもおすすめの香水を贈るわ。

「ありがとうございます」

蓋を閉じて、ミランたちに向き直る。

「大切に使わせていただきますね！」

「ええ！」

笑みを浮かべたミランに、この香水のおすすめの使い方を聞いていると、ルドフィルがやってきた。

「はい、ブレンダ。お誕生日おめでとう」

「ありがとうございます、ルドフィル様」

ルドフィルが差し出したのは、ひまわりを中心とした花束だった。

ダイニングの机に、ミランたちからもらった香水をおき、花束を受けとる。

平民になった私は、花束をもらう機会はほぼないに等しいので、とても嬉しい。

「僕からは、さっきのケーキとこの花束ね」

「はい。ありがとうございます」

ルドフィルらしい、温かみを感じるプレゼントだ。

「悩んだんだけど、ブレンダの笑顔が見られたから良かった」

そういって、ルドフィルが微笑む。

「ブレンダ、素敵な一年を過ごしてね」

「ありがとうございます」

しばらくルドフィルと話していると、次にダイニングに戻ってきたのは、ジルバルトだった。

ジルバルトは、包みを私に手渡した。

「お誕生日、おめでと、ブレンダ。月並みだけれど、ブレンダと出会えて、嬉しいよ」

「ありがとうございます！」

なんだろう。わくわくしながら、包みを開く。

ジルバルトに貰った包みには、二冊の本が入っていた。

一冊目は、いかにも難しそうな参考書。二冊目はポップな色合いの画集だった。

「そっちは、ボクが一年の秋に使ってたのと同じ参考書で、こっちは息抜き用の画集ね」

「はい！　ありがとうございます」

ジルバルトらしい贈り物に、思わず笑う。

「……それから、これはおまけ」

そういって、私にぶっきらぼうに手渡したのは、花のモチーフの髪留めだった。今の長さでも、もっと長く伸びても使えそうだ。

「わぁ、ありがとうございます！」

「……どういたしまして」

それからしばらくジルバルトと参考書について話していると、アレクシス殿下もやってきた。

アレクシス殿下は、大きな包みを抱えている。

「ブレンダ。お誕生日、おめでとう」

アレクシス殿下に差し出された包みを受けとる。

「ありがとうございます！」

なかなか重量があるその重さには、覚えがあった。どきどきと胸が高鳴るのを否定する。いえ、そんなわけないわよね。

そう思いながら、包みを開くと、白いケースが入っていた。その特有の形状から、この中のものが想像つきながらも、まさか、というおもいで、ケースを開く。

「！」

そこにあったのは、どこからどうみてもバイオリンと弓だった。そして、そのバイオリンは先日、私が気に入った——。

「……え、え？」

これは、現実なの？　信じられなくて、震える手で楽器に触れる。その感触もあの日のままだった。

触れながら。ぼんやりとバイオリンを眺めていると、不安そうな瞳と目が合った。

「……気にいらなかったか？」

「とんでもないです！　ですが、こんな高級すぎるもの……」

気持ちはとても嬉しいけれど、受け取れない。

「条件付きで、ブレンダにプレゼントしたいんだ」

「条件？」

「ああ」

アレクシス殿下は、頷くと、私にもう一つ包みを渡した。その包みをあけると、楽譜が入っていた。

「この楽譜……」

すべてが、バイオリンとピアノの合奏曲だった。

「ああ。その……以前は君と合奏できなかったから。今度、一緒に合奏してくれると嬉しい」

照れたときにする癖である、頬をかきながら、アレクシス殿下は微笑んだ。

「……わかりました。ありがとうございます」

高級すぎる点は、また返礼品などを考えないといけないだろうけれど。

アレクシス殿下の一緒に、合奏したい、という気持ちが嬉しかった。

アレクシス殿下と、今度どの曲を演奏するかを、話しあったあと、みんなから貰った、プレゼントを眺める。

そのひとつひとつに、みんなからの想いが、こめられていた。

「みなさん、本当にありがとうございます」

こんな風に、盛大に祝ってもらったのは、母が生きていた頃以来初めてのことだった。みんなは、優しく微笑んでいた。

その笑みが、温かくて、嬉しくて、世界が滲んだ。

嬉し涙を流す私を、そっと、見守ってくれたみんなに微笑んで、とても幸せだと、そう思った。

それから、数日、別荘で夢のような楽しい日々を過ごし、とうとう、寮に戻る予定の日になった。

まだ、夏期休暇が終わるまで少し日数があるけれど、私はまだ課題の最後の一つである、芸術作品に取り組んでいなかった。

「お世話になりました」

「とっても楽しかったわ」

まだぎりぎりまで四人で過ごすらしい、男子たちに手を振って、ミランと馬車に乗り込む。

四人も手を振り返してくれたところで、馬車が出発した。

「……ふふ」

夏期休暇を思い出し、笑みを浮かべる。

とても充実した、いい、夏期休暇だったなぁ。

「ミラン様、誘ってくださり、ありがとうございました」

「ブレンダさんと長く一緒にいられてとても楽しかったわ」

「私もです」

微笑んで、夏期休暇の思い出話に花を咲かせる。

「……で、……だから、とても楽しかったわよね。来年も、ブレンダさんと一緒に過ごしたいわ」

「奇遇ですね、私もそう思ってました」

顔を見合わせて、笑う。

「ふふ、さすがは大親友ね」

「はい！」

――まだまだ学園生活は、始まったばかりだ。

帰寮

話しているうちにあっという間に、寮に着いた。あたりはさすがに、薄暗くなっていた。

「じゃあ、ブレンダさん、おやすみなさい」

「おやすみなさい」

ミランと別れ自室に入る。客室もとても快適だったけれど、自室に帰るとほっとした。

「色んなことがあったなぁ……」

将来について考える機会もあったし、なにより、めいっぱい遊んだ。

「ん？」

自室に見知らぬ箱がある、見ると、寮母さんからお届け物をおいておくね、とメッセージが添えられていた。

誰からだろう。

疑問に思いつつ、箱を開ける。

そこに入っていたのは……。

「ドレスだ……！」

白を基調として花の刺繍が入ったドレスや、それに似合う靴、アクセサリーが入っていた。

箱の中には、兄から手紙が入っていた。

愛する妹へ、から始まったその手紙は、まだ家のことは保留でいいことと、誕生日のお祝いが書かれていた。これは、ダンスパーティーが学園であったことを思い出し、贈ってくれたようだ。

「でも……」

兄の気持ちは大変嬉しいけれど。アレクシス殿下から以前贈ってもらったドレスもある。

今度のダンスパーティーに参加するかも未定だし。

もし、参加することになったら、そのときに悩もうかな。

私は、そっと兄から貰ったドレスをしまい、服を着替えてベッドにもぐりこんだ。

明日は、芸術作品を完成させ、兄にお礼の手紙とひまわり畑のポストカードを送ろう。

そう考えているうちに、眠りについた。


翌朝、まずは兄に送る手紙を書き、それにポストカードを同封した。

「これでよし」

次は、芸術作品だけど――……。

「ブレンダさん！」

扉がノックされ、開けると、ミランに抱き着かれた。

「わっ、どうされましたか？」

慌てて受け止めつつ、ミランに尋ねる。大きな虫でも見たのかな。

「ブレンダさん、あなたってすごいわ！」

目をきらきらとさせたミランに、首をかしげる。私がどうして、すごいのかな。

「あなたが窓や外壁を綺麗にしてくれたって、寮母さんと私で話して回ったの。以前よりも快適になったって話題で持ちきりよ！」

「もうみなさん戻られたんですか？」

昨夜は、私とミランだけだったのに。

「ええ。今朝帰って来た生徒が多かったみたい。とにかくきて！」

ミランに引っ張られ、慌てて、廊下に出ると、たくさんの女子生徒たちが集まっていた。その中には特に親しくしてもらっている、同じクラスのキャシーやミュアもいた。

「窓が、ピカピカでとっても気分が良いわ！」

「それに外壁だって、とっても綺麗だったわ」

みんなに口々にありがとう、と言われて、照れてしまう。

「あら、ブレンダさんって、照れた顔も素敵なのね」

「当然よ、私の大親友だもの」

得意げなミランに笑いながら、みんなの感謝を受け入れる。

「本当にありがとう」

「どういたしまして」

くすぐったいけど、頑張って良かったな。

それから、廊下で誰かとすれ違うたびに、ありがとう、とお礼を言われて、とても幸せな気分になった。

しばらく、女子生徒たちと話した後、自室に戻り、今度こそ、芸術作品に取り組む。

私は机の上に、香水瓶、ひまわりの押し花、本、バイオリンを並べた。

私の夏の思い出の一つである、誕生日を祝ってもらい、友人たちに贈ってもらった贈り物を描くことにしたのだ。

キャンバスに、鉛筆で形を粗くとり、それを徐々に、細かく書いていく。鉛筆の下書きが終わったら、今度は明るい色から絵具を重ねた。

「うん、いい感じ」

格闘すること数時間。何とか、自分の納得する絵が描けた。

裏に小さくタイトルである「わたしの宝物」とかき、完成だ。

これで、夏期休暇の心残りは——進路のことだけ。

まだ、夕方だし、学園に行って、進路相談担当の先生に相談しよう。

私は、今、自分が悩んでいること――ずっと、研究職だけ考えてきたけれど、他にも道があることを知って、いろいろと試したくなった、ということを話した。

先生は、私の話が終わると、引き出しから、一枚の紙を取り出した。

お礼をいって紙を受けとり、詳しく読む。そこには、冬期休暇に、学生の職業体験ができる職場がいくつか、書かれていた。

その中には、王城や、学園、そしてなんと天文塔などもあった。

「挑戦してみたいです！」

私の言葉に先生は頷き、申込書を渡してくれた。その場で、申込書を記入し、礼をして職員室からでる。

新学期が始まったら、ルドフィルに改めて、お礼を言おう。

私は、明るい気持ちで、女子寮まで帰った。

新学期

……さて。丁寧に、制服をブラッシングしてから、袖を通す。

楽しかった夏期休暇も終わり、今日から、新学期が始まる。だけど、さすが新学期一日目、というのだけあって小テスト（年四回のテストとは別に行われる）は、明日だ。

そのことに、胸を撫でおろしつつ、自室を出た。

「おはよう」

「ルドフィル、おはよう」

女子寮の門前にいる、ルドフィルに手を振って、駆け寄る。

「ルドフィル、ありがとう」

「……なにが？」

不思議そうに首をかしげたルドフィルに、職業体験のことを説明する。

「……ああ。僕のアドバイスが役に立ったならよかったよ」

そういって、微笑んだルドフィルは、ふと、真剣な顔をした。

「ブレンダ」

「う、うん！」

いつになく真剣なその表情に、姿勢を正す。

「あのさ、今度行われるダンスパーティーに、今度は、僕のパートナーとして参加してもらえないかな？」

ルドフィルの言葉を頭の中で反芻する。

今度のダンスパーティーは確か、夏期休暇が明けてすぐ――もう、数日後までせまっていた。

「それは……もちろん」

頷くと、ルドフィルは、ほっとした顔をした。

「……良かった。断られるかと思った」

……あ、でも。それならどちらのドレスを着るか考えないと。

考え込んでいると、ルドフィルが不思議そうに首をかしげた。

「どうしたの？」

「う、ううん。なんでもない」

以前は、あの一着しか選択肢がなかったけど。ルドフィルのパートナーとして参加するなら、他の男性に贈られたものよりは、身内の兄に贈られたもののほうがいいだろう。

「そう？」

「うん」

ルドフィルと、夏期休暇の話に花を咲かせているうちに、あっという間に、学園に着いた。

ルドフィルと別れ、図書室に行く。まだ、夏期休暇明けの浮足だった気配のせいなのか、図書室の人はいつもよりすくない。

私は、定位置のジルバルトの隣の席に座りながら、小声で挨拶をした。

「おはようございます」

「おはよ、ブレンダ」

ジルバルトは、私に微笑むと、再び問題集に視線を落とした。

さすがジルバルトだ。天文塔の推薦状を貰っても、たゆまず努力をするその姿勢を、尊敬しつつ、私も課題を開く。

今回の小テストの範囲は夏期休暇の課題からなので、たぶん大丈夫だろうとは思うけれど、一応、明日までにもう二周とくことが目標だ。

淡々と問題を解いているうちに、予鈴がなり、片づけをする。

ジルバルトと教室にむかっていると、ジルバルトは微笑んだ。

「その髪飾り、似合ってる」

花をモチーフにした髪飾りは、ジルバルトからもらったものだ。勉強のときに、髪が邪魔にならないように、髪飾りでとめたのだけれど、とても使いやすかった。

「ありがとうございます。とっても便利で助かってます」

私がそういうと、ジルバルトは、ならよかった、と笑った。


どうやら、ホームルームによると、今日の登校の目的は、夏期休暇明けでたゆみきった心を律することと、数日後に行われるダンスパーティーの概要の説明だった。

なので、明日が小テストということもあり、ホームルームが終わると、解散となった。

少しだけ、クラスの中でも特に親しい友人であるミュアとキャシーとお話しする。

「どこに出掛けられたんですか？」

「海に行ったの。そういう、ブレンダさんも、少し日焼けしてるわね。どちらに行かれたの？」

「ひまわり畑と、湖と……」

ひとつひとつ思い出しながら、夏期休暇の話をすると、二人とも、充実してたのね、と微笑んでくれた。

「はい。とっても楽しかったです」

大きく頷く。とても、とても楽しかった。

「明日のテストも頑張りましょうね」

「はい」

そういって、笑顔でお別れした。


翌朝。今日は、小テストの日だ。

昨日は課題を三周といた後、早めに寝たので、コンディションもばっちりだ。

ルドフィルには、テスト前だから登校を別にしたいと伝えていた。一人で課題を開きながら、登校する。すると、誰かにぶつかった。

「すまない……ブレンダ？」

「こちらこそ申し訳ありませんでした——アレクシス殿下？」

ぶつかった相手は、アレクシス殿下だった。途端に、頬にかぁっと血が上るのを感じる。

うう、恥ずかしい。歩きながら、勉強していたせいで、ぶつかっちゃうなんて。

アレクシス殿下は、私の手元にある課題を見て苦笑した。

「勉強熱心なことはいいことだが、危ないぞ」

「……はい。気をつけます」

かなり恥ずかしく思いながら、頷いて、アレクシス殿下の雰囲気がいつもと違うことに気づいた。

どこがどう、と言語化するのは難しいのだけど。

確かに、アレクシス殿下の雰囲気は以前と異なっていた。

「あの――」

「アレクシス殿下！」

アレクシス殿下に尋ねようとした言葉は、後ろからやってきたロイによって遮られた。

「もうっ、僕をおいていくなんてひどいですよー」

「あ、ああ。すまない」

アレクシス殿下はどこか上の空で、ロイに謝ると、私に向かって、微笑んだ。

「では、ブレンダ。……また」

「はい」

去っていくその後ろ姿をぼんやりと眺めながら、私は、課題をしまった。

移動する時間が惜しいので、図書室に行かず、教室に着くと、わりと多くの学生がもう、席についていた。

といっても、テスト前なので、私語をする生徒もおらず、とても集中できた。

――テスト終了のベルがなった。

午前中全てをかけておこなわれたテストの手ごたえは、かなりあり、昨夜や夏期休暇に頑張った甲斐があった。

今日の授業はこれで終了なので、キャシーたちと明後日に行われるダンスパーティーについて、お話しする。

「お二人は、参加されますか？」

「もちろんよ」

「私なんか張り切りすぎちゃって、ドレスを新調したわ」

そうなんですね、と相槌を打ちつつ、二人の話に耳をかたむける。

「なんといっても、今度のダンスパーティーは花火があがるものね！」

そういえば、そんな話を以前、クライヴから聞いた気がする。

「そうそう！　なんでも、花火を一緒にみたカップルは、恋が叶う……かもしれないっていう噂があるんですって」

曖昧過ぎる噂に苦笑しつつ、二人と話に花を咲かせた。


――そして、翌日は穏やかに時間が過ぎ、ついにダンスパーティー当日になった。

鏡を見る。白を基調とした、ドレスも、靴もアクセサリーもそれなりに、似合っている……と思う。

控室を出てルドフィルと合流する。

「ブレンダ、そのドレス似合ってるよ」

ルドフィルに微笑まれ、私も微笑み返す。

「ありがとう。ルドフィルもかっこいいよ」

私の言葉に、ルドフィルは嬉しそうな顔をして、手を差し出した。

「ブレンダ、踊ろう」

「もちろん」

ルドフィルとのダンスは、リードに慣れているのでとても踊りやすかった。

でも、一曲踊ったところで、私たちは女子生徒に囲まれた。

「マーカス様、私とも踊ってくださいませんか？」

そう言ったのは、確か、二年生の令嬢だ。

「申し訳ないけれど、僕にはパートナーが……」

「マーカス様は、なかなかダンスパーティーに参加されないから……。ほんとうは、ずっとあなたに憧れていたんです！　ですから、踊っていただけませんか？」

その令嬢の瞳を見る。

その瞳は、私と同じ、恋をしている瞳だった。

「私は大丈夫ですから、せっかくのダンスパーティーですし踊られては？」

私の言葉に、ルドフィルは困ったように眉をさげると、わかったよ、と頷いた。

「お手をどうぞ」

そして、二年生の令嬢に手を差し出す。令嬢は、頬を染めてその手に自分の手を重ねた。

私は、飲み物でもとってこようかな。

そう思い、移動しようとしたところで、声をかけられた。

「……ブレンダ」

「アレクシス殿下？」

アレクシス殿下の瞳は、強い意思がきらめいていた。テスト直前に見た、ぼんやりとした瞳との差に驚きつつ、向き直る。

「どうされましたか？」

「ブレンダ、よければ私と踊ってくれないか？」

そういって、手を差し出される。

ど、どうしようー！　アレクシス殿下からの誘いはすごく嬉しい。

でも、アレクシス殿下と踊って、以前のアリーシャのように、逆恨みされたらと思うと、怖い気持ちもある。

理性と恋心の殴り合いが、心の中で数秒続いた。

「はい、喜んで」

結局、勝った恋心により、アレクシス殿下の手を取る。

「そのドレスは、新しいものだな」

曲にのせて、ステップを踏みながらアレクシス殿下が囁いた。

「え――あ、ああ。兄から貰ったんです」

アレクシス殿下に贈ってもらったドレスもあるのに、少し気まずい。でも、アレクシス殿下の瞳には、失望は映っていなかった。

「そうか。似合ってる」

そう言って、細められた瞳には、どこまでも強い意思が宿っていて。私は、その輝く瞳に魅入られた。

「……ブレンダ？」

「いえ……少し、見惚れてしまいました」

何に、とは恥ずかしすぎて、言えなかった。そんな私を優しく見つめると、アレクシス殿下は囁いた。

「ブレンダ、君に頼みがある」

「!?」

甘いかすれ声に、一気に体温があがった。

「ダンスパーティーの終盤、花火があがる。そのときに、この会場を抜け出して、生徒会室まで来てくれないか？」

「！」

ダンスパーティーを抜け出して、生徒会室に……。

どうしよう。ルドフィルの顔が頭によぎる。でも、好きな人の頼み事だ。

私が返事に迷っているうちに、その曲が終わり、握っていた手が離される。

「……待ってる」

アレクシス殿下は返事が出来ないままの私にそう言い残して、去っていった。

邪魔にならないように、ホールの端によって、飲み物を飲む。

「ブレンダ、お待たせ。……ブレンダ？」

その後も一人と踊ったことによって、他の令嬢から誘われ、断りきれずに踊っていたルドフィルがやって来た。

「ごめん、怒っているよね」

アレクシス殿下のことを考えていて無言だった私を、心配そうにルドフィルが見つめる。

「ううん」

謝罪の言葉に首をふり、ルドフィルに尋ねる。

「ねぇ、ルドフィル。何時から花火が上がるか知ってる？」

「え？　みんなテラスに集まりだしているからもうすぐだとおもうけど――」

確かに、テラスを見ると、たくさんの人でぎゅうぎゅうだった。

「ルドフィル、私、私ね」

なんて話を切り出そうか、と俯く。

――ヒュー。

大きな音で、俯いていた顔を上げる。

――パァン。

歓声と共に、花火が上がった。赤色に輝いて、消えていたそれを横目に、私は早口でルドフィルに言った。

「ごめんなさい。ルドフィル、私、行かなくちゃいけないところがあるの」

「え？　でも――」

そうしている間にも、二発目の花火が上がった。

「ほんとうにごめんなさい！　私、行かなくちゃ！」

「待って、ブレンダ！」

ルドフィルの制止を振り切って、ドレスの裾を持ち上げ走りだす。

次々に上がる花火の音を聞きながら、様々なアレクシス殿下の表情を思い浮かべた。

笑った顔、怒った顔、嬉しい顔、嫉妬した顔、そして――さっきみた強い意思を宿した顔。

そのどれもが、愛おしいと感じる。

――これが恋じゃないなら、きっと、私は一生恋なんて、できない。

そう思うほどに、ただアレクシス殿下に会いたかった。あって、理由を聞きたかった。

あの強い瞳の理由を。

靴を脱いで、階段を上り切り、生徒会室についた。

勢いよく、扉を開ける。

「！」

窓側に立っているアレクシス殿下が振り返った。

深呼吸をして息を整えながら、花火で照らされ、様々な色が反射している緑の瞳を見つめる。

「ブレンダ……」

アレクシス殿下は、先ほどとは打って変わり、泣きそうな、顔をしていた。

思わず近寄ろうとして、手で制される。

「アレクシス殿下？」

その様子を不審に思いながら、首をかしげる。

アレクシス殿下は、ふぅ、と息を吐きだすと、私を見つめた。

その瞳は、涙の膜で覆われている。ゆらゆらと揺れながら、様々な色に照らされるその瞳は、息を呑むほど美しかった。

「ブレンダ、私、私は――」

しぼりだすように、出された声に、耳をかたむける。でも、いつまでたってもその続きは紡がれない。

無言に堪えかねた私が声をかけようとしたとき、アレクシス殿下は続きを言った。

「私は、君が好きだ。君に、恋をしている」

「え……」

私の頭の中で、一昨日話した話が蘇る。

――そうそう！　なんでも、花火を一緒にみたカップルは、恋が叶う……かもしれないっていう噂があるんですって。

もしかして、アレクシス殿下は、私に想いをつたえるために、私を呼びだしてくれたの？

期待と緊張がまじった複雑な気持ちで、アレクシス殿下を見つめる。

「……ブレンダ」

アレクシス殿下は、胸元をぎゅっと握りしめると、泣き笑いを浮かべた。

「私は、君に、恋を、している。だから……」

だから、とゆっくりと繰り返し、アレクシス殿下は、息を吐いた。

「君にかけた呪いを、解かなければいけない」

「のろい……」

呪いなんてかけられた覚えはちっともない。しいて言うなら、うるさいくらいになる心臓がやっかいなくらいで――。

――ヒュー。

一際大きな、音が聞こえた、おそらく、これが最後の花火だろう。

「君が、今、私に感じている、恋心。それはすべて――私が植え付けたニセモノなんだ」

――パァン。

「……え？」

大きな音をたてて弾けた光は、緑だった。

アレクシス殿下と同じ、その色が窓の外から消えていくのを眺めながら、私は呆然と立ち尽くしていた。

書き下ろし番外編

Newly written extra edition

恋する君に

（ルドフィル視点）

The former Duke's daughter, who stopped killing her emotions,

It is loved by everyone!

もうすぐ、僕が世界で一番大好きな女の子――ブレンダのお誕生日だ。

ひまわり畑に興味がないわけでもなかったけど。好きな子のための準備も大事だ。

だから今日は、ブレンダのお誕生日会のための買い出しに来ていた。

「マーカスくんは……」

暑そうだから、と言って、ひまわり畑にいかなかったローリエ殿に手伝ってもらいながら、買い出しを進めていると、ふと、ローリエ殿が、僕に話しかけた。

「はい？」

一学年上のミステリアスな雰囲気があるローリエ殿は、その美貌から年下の僕たち二年生の間でも有名だった。

人をあまり寄せ付けないだとか、宵闇の貴公子だとか、笑うとさらに美形になる、だとか。

様々なことが囁かれていたのは知っていたけれど、こうして一緒に行動するのは、おそらく初めてのことだった。

「マーカスくんはさ、ブレンダのことが大好きだよね」

「⁉」

ローリエ殿の口から飛び出した言葉にびっくりして、思わず持っていた袋を落した。

ブレンダのお誕生日会用に買っていた様々な色の紙が、道に広がる。鮮やかな色彩は、まるで
――僕が恋する彼女のよう。

風に吹かれてどこかへ飛んで行ってしまう前に、二人で紙を回収する。

「はい。これで、全部だと思うけど」

「……ありがとうございます」

「いや、驚かせてごめん。――まさか、そんなに驚くとは思わなかったから」

紙を受けとり歩きだしながら、呟かれた言葉に対して苦笑する。

そう、僕はブレンダのことが大好きだ。そのことに僕は自信を持っているし、ブレンダにだって何度も伝えた。

でも……、でも、まさかその話題がローリエ殿から飛び出すとは思わなかった。

僕は、急速に喉が渇くのを感じながら、探りを入れる。

「面と向かって言われると照れますよ。……いくら僕がブレンダの従兄だからといって」

まるで、あくまで僕がブレンダを大好きなのは、従妹に対する好意のようにいう。

僕は、ブレンダに振り向いてもらえるまで、甘い言葉を囁き続けるということを以前ブレンダに伝えていた。でも、さすが別荘の大勢の前でいうようなことはしてない……していないはず。

そうしたのは、ブレンダの迷惑になりたいわけではないからと、さすがに公私混同は良くないとわかっていたからだ。

「ふぅん、従兄、ね」

けれど、ローリエ殿は、随分と含みを持たせる言い方をした。

その言い方だと、僕が一人の異性としてブレンダを好きみたいだ。いや、実際そうだから、なにも間違ってはいないが。

でも、その深紅の瞳に見つめられて言われると、まるで言葉一つですべてを暴かれそうな錯覚を覚える。

「じゃあ、マーカスくんから見たブレンダはどんな子だった？」

「幼い頃は――今のように、表情がくるくる変わって、明るく、元気で、笑顔がとても可愛くて――ずっと僕の、いや、人の心を救うのに長けた子でしたよ」

ブレンダは、僕を最高の従兄にしてくれた。そうやって僕を救ってくれた。

「人の心を……なるほどね」

ローリエ殿は、当てはまる事例を知っているように、頷いた。

「反対に、ローリエ殿から見た、ブレンダはどんな子ですか？」

普段なら人がどうブレンダを評するのか気にならなかった。

他の誰が知らなくとも、僕がブレンダを知っていればそれでいいから。

でも、ローリエ殿は、ブレンダのダンスパーティーのパートナー役を務めたり、ブレンダの口からよく名前が出てきたり、ブレンダとかなり親しい存在だ。

そのローリエ殿がブレンダをどう思っているのか、気にならないはずがなかった。

「ボクに――力をくれる子」

――ああ。

実に、単純で短いその言葉。

だけど、同じ想いを抱えた僕にはわかる。

ローリエ殿も、ブレンダに恋をしているんだ。

負けたくない。なぜか、ブレンダが現在恋をしているアレクシス殿下よりも、ローリエ殿にそう思う。

「負けませんよ」

主語がない、その言葉。

けれど、その深紅の瞳からは、正しく――僕が言わんとしていることが伝わっていることがすぐにわかった。

「ボクは……」

ローリエ殿がそこで言葉をとめ、僕をみた。

「もちろん、ブレンダの隣にはボクが立ちたい。でも、一番は、ボク自身に負けたくない」

ここで、なぜ彼自身が出てくるのか。まるで、謎かけのような言葉だ。

「ローリエ殿、それは……」

「別に、マーカスくんやアレクシス殿下が気にならないとかじゃないよ」

ただ、とローリエ殿は続けた。

「これは、僕の愛し方の問題だから」

形のいい唇が弧を描いた。

買い出しから帰ってきて、みんなと過ごした後、僕は客室でローリエ殿の言葉の意味について考えていた。

「愛し方の問題……」

……愛し方。僕は、ブレンダが初恋だからか、そういうことを考えたことはいっさいなかった。

「僕だったら――」

どんな信念を持って、愛しているかな。

ブレンダの輝く笑顔を見ていたい。

くるくる変わるあの表情を、ずっと見守りたい。

もう、二度と失われることのないように。

……うん、きっとこれが僕なりの愛し方だ。

そう思うと、余計にローリエ殿の自分に負けたくない、という言葉が気になった。

でも、ローリエ殿と僕は別人だし、あまり気にしすぎてもよくない。

なので、今日もブレンダの笑顔を思い浮かべながら、僕はベッドに寝転んだ。


今日はみんなで、湖に行くことになった。

僕は、それなら、釣りをしてみたい、と思ったので、アルバート殿から借りた釣り竿三本と、釣った魚を入れる箱を運んでいる。

髪を切ったブレンダが、僕に輝く笑みで話しかけてきた。

「魚は、どんなものが釣れるんですか？」

その笑みを眩しく思いながら答えると、ブレンダの笑みは更に輝きをました。

……ああ、好きだなぁ。

やっぱりこの子は特別で、他の誰かがどう思うかはわからないけれど、僕にとっては間違いなく世界で一番かわいい女の子だ。

もう少し話したかったけれど、ブレンダはボートの話に夢中になっていた。

一人で漕ぐのも楽しそう、と胸を躍らせる彼女を見て、僕自身も楽しくなる。

ブレンダのこんな姿が見られるのは、当たり前のことじゃない。今までは、考えられないことだったから。

湖についた。僕は、自分も釣りをしたいというローリエ殿と一緒に釣りをする。

湖に釣り竿を垂らしながら、僕はローリエ殿に以前言われたことを思い出していた。

「ローリエ殿」

「ん？」

ローリエ殿の深紅の瞳が、こちらを見る。

「自分に負けたくない、とはどういうことですか？」

「……ああ」

ローリエ殿は、視線を湖に戻して、小さく頷いた。

「ボクに力をくれるあの子を、ボク自身の嫉妬とかそういう感情で傷つけたくないってこと」

「……なるほど」

そういうことだったのか。だから、僕やアレクシス殿下よりも、自分が闘う相手なんだ。

「ボクは……あの子が傷つくのは見たくない」

強い決意が宿るその瞳。

その瞳を見て、僕は、息を吐いた。

ライバルは少ない方がいい。でも、あの子をそんな風に想う人が多いことは、素直に喜ばしいことだった。

「？　どしたの？」

そんな僕を見て、ローリエ殿が少し不思議そうな顔をした。

それに、なんでもない、と首を振って、釣りに集中することにした。


――その後も様々なことがあった夏期休暇はあっという間に終わってしまった。

夏期休暇を終えて、登校初日。

僕は、いつになく緊張しているのを感じながら、女子寮の門の前でブレンダを待っていた。

なぜ僕がこんなにも緊張しているのかというと、理由は簡単で、ブレンダを今度のダンスパーティーのパートナーとして誘いたいからだ。

今度のダンスパーティーは、花火が上がる。

それに一つ、この学園で毎年囁かれている噂があるのだ。

花火を一緒に見たカップルは、恋が叶う……かもしれない、という噂。

かもしれない、なんて曖昧過ぎるけれど、それでも、ブレンダと一緒に花火が見たいと思った。

噂の真偽はわからないけれど、素敵な思い出になるに違いないから。

緊張しつつ、ブレンダを誘うと、ブレンダは頷いてくれた。

それからダンスパーティーまでの数日、嬉しくて、友人たちに協力してもらって、ダンスの特訓をした。

僕が、あまりダンスパーティーに参加していないことを知っていた友人たちは、女性パートを喜んで踊ってくれた。少し申し訳なかったけれど、これでブレンダとも自信を持って踊れる。

ダンスパーティー当日、リヒトくんから贈られたのだという、白いドレスに身を包んだブレンダは、とても美しかった。

「ブレンダ、そのドレス似合ってるよ」

そう何気ない風を装って言ったけれど、内心は心臓が凄まじい速さで脈を打っていた。

ブレンダは、笑顔でお礼を言うと、僕のことも誉めてくれた。

その後、ダンスを踊る。

練習の甲斐があってか、ダンスは問題なく踊れたし、エスコートもバッチリできたと思う。

改めて後日友人たちに、お礼を言おう。

そう心に誓っていると、女子生徒たちに囲まれた。

僕と同じ二年生の彼女たちから口々と一緒に踊ってほしいと言われる。

「申し訳ないけれど、僕にはパートナーが……」

ブレンダを一人にしたら、誰かにかっさらわれる。だって、今日のブレンダは、いつにも増して綺麗だから。

そう思い、断ろうとしたけれど、ブレンダは、僕に踊ることを勧めた。

「……わかったよ」

あまり彼女たちを邪険にして、ブレンダが彼女たちから悪く思われることは避けたい。

だから、僕は一曲だけ踊ることにした。

でも……。

一曲終わったと思ったら、次々にダンスを申し込まれた。そして、断りきれなかった僕がブレンダの元へ行けたのは、もうすぐ花火が上がるぎりぎりの時間だった。

「ごめん、怒っているよね」

謝ると、ブレンダはううん、と首を横に振った。

「ねぇ、ルドフィル。何時から花火が上がるか知ってる？」

「え？　みんなテラスに集まりだしているからもうすぐだとおもうけど――」

「ルドフィル、私、私ね」

ブレンダが、言いにくそうに俯いた。僕は嫌な予感を覚えながら、ブレンダの言葉を待つ。

――ヒュー。

――パァン。

歓声と共に、花火が上がった。ブレンダは顔を上げると早口で僕に言った。

「ごめんなさい。ルドフィル、私、行かなくちゃいけないところがあるの」

「え？　でも――」

「ほんとうにごめんなさい！　私、行かなくちゃ！」

「待って、ブレンダ！」

ブレンダが、僕の大好きな女の子が駆けていく。僕はそれを必死に追いかけようとしたけれど、テラス側に花火を見ようと押し寄せる人の波で、思うように進まず、ブレンダを見失った。

立ち尽くしているその間も花火は絶え間なく上がり、歓声も聞こえた。

どこか遠くで、その音たちを聞きながら、僕は以前ローリエ殿と話した愛し方について考えた。

僕は、ブレンダを見守りたい、それが僕の愛し方だと思っていたけれど。

ブレンダを見守るだけなら、今ブレンダの隣にいるのが僕でなくてもいいはずだ。

ブレンダの瞳は、恋する瞳だったから、おそらくアレクシス殿下と一緒にいるのだろう。

アレクシス殿下に恋をしているのは、知っていた。

それでも――、君が僕の隣にいてくれないことが、こんなにも辛い。

「ブレンダ……」

その名前を呟く。

僕は、君が好きなんだ。愛しているんだ。

でも、嫉妬という醜い感情を消すことができない。

最後の花火が、夜空に上がった。最後に弾けたのは、緑の花火だった。

夜空に煌めいて消えていく緑の光を眺めながら、僕は、恋する君に、今後どう向き合うべきなのか。その答えを、探していた。

書き下ろし番外編

Newly written extra edition

彼女の味方であるボクに、できること

（ジルバルト視点）

The former Duke's daughter, who stopped killing her emotions.

It is loved by everyone!

飲み干したココアは甘ったるく、まだ舌に甘みが染みついている気がする。

「……変なの」

でも、その甘みさえ、悪くないと感じてしまう。

それはきっと、彼女と――ブレンダと、一緒に飲んだものだから。

夜なのに寝付けない、という彼女にココアを淹れて、一緒に飲んだ。

ただ、それだけのことなのに、胸がじんわりと温まるのは、ボクが彼女に恋をしているからに違いなかった。

「……ブレンダ」

呟いた名前は、宙に溶けて、消える。

ボクが初めて見つけた、ボクの手で守りたいひと。

ボクだけのお姫様だったら、良かったのに。その素晴らしさを、ボクだけが知っていれば良かったのに。

……なんて、そんな仄暗い気持ちがないわけでもなかったけれど。

それでも彼女のことが、好きで。愛していて。だからこそ、彼女は多くの人に囲まれて笑っているのが似合う、ということも正しく理解していた。

それにボクは、もし好きな人ができたら、ずっとその人の味方でいよう、と決めていた。

そうすることでこちらに振り向いてほしい、ということではなく、単純に彼女の笑みを増やしたかったのだ。

そのためだったら、たとえ、恋敵かつブレンダの好きなひとである、アレクシス殿下との仲を取り持つようなこともした。

……まぁ、ボクがしたことは二人の仲直りにはあまり、影響がなかったようだけど。

でも、ボクだって簡単に彼女のことを諦めるつもりはなかった。

ボクは、学園を卒業すれば貴族籍から抜けることになる。

平民になったら、どれほど頑張ろうと貴族ほどの財力を得るのは不可能だろう。

でも、どうせ目指すならその中でも一番上を目指したい。……だから天文塔の塔長になることがボクの夢の一つだ。

そして、ボクが天文塔で働いて塔長になったときに、傍にいてほしいのは、ブレンダだった。

そんな先の将来を考えるほど、好きなのだ。

自分でも呆れるほど。彼女のことが好きなんだ。

……心の中でははっきりと言葉にすると、なんだか急に恥ずかしくなった。

厨房にはボクの他に誰もいないのに、その照れを誤魔化すように、蛇口を勢いよくひねり、カップを洗った。


翌朝、湖に行くことになった。

湖は釣りをしたり、ボートを漕いだり、とても楽しかった。

でも、アレクシス殿下が魚を釣りすぎて、魚料理ばかりが並ぶ、という「魔の魚料理事件」は起きたけれど、おおむね平和な一日だった。

ああ、でも、少しだけおかしなことが起きた。

「ジルバルト様も、胃薬をどうぞ」

「ありがとう、ブレンダ」

ボクたちに、胃薬を配っていた、ブレンダの手がボクの手にかすかに触れたとき、バチッ、と電流が走ったような、感覚がした。

「？」

ボクたちは、そろって首をかしげた。

また、静電気だろうか。

そういえば、昨日と今日以外にもこんなことがあった気がする。

あの日も、ブレンダの髪に触れたときで——……。

ボクには、魔眼という古めかしい瞳が宿っている。

制限付きだけど、人を意のままに操れる力を持った、瞳。その瞳のせいだろうか。

いや、ブレンダに触れたことは今まで何度かある。

それなのに、どうして最近は——……。

自分の手を見つめる。

ボクとブレンダは相性がいい。魔眼のもう一つの力である、悲しい記憶の増幅作用が以前起きたことから、それは間違いない。

ただの、静電気であればいい。

でも、そうでないのなら。

ボクは浮かんだ予感をかき消すように、手を強く握りしめた。


それから、数日、魚を食べ過ぎて動きたくないというみんなとは違って、ボクは忙しくしていた。

王立図書館で文献を探していたからだ。

「これじゃない、これでもない……」

自分の力にまつわることは知っておけ、そう今は亡き祖父に言われて、魔眼に関わる資料を幼少期に読み漁った。

でも、記憶力に自信があるとはいえ、さすがに膨大な資料の中の一文は本当に記憶通りか、自信がなかった。……いや、違うな。

ボクの記憶と違っていてほしいと願ったんだ。

「……あった」

残念ながら、記憶と違わぬその一文を読み上げる。

「魔眼の力同士は反発しあう……」

ボクは魔眼を持っていて、ブレンダは、魔眼を持っていない。

そこから導き出される答えは一つ。

「ブレンダが、何者かに操られている……？」

ぞっとする。

でも、ブレンダはいつも通り、明るく元気だ。

それに、ボクはブレンダに何度も触れる機会があったわけじゃない。

だから、正確にいつ、とまではっきりわからないけれど。

最初に、ブレンダに触れて、バチッと電流のようなものが走ったのは――。

「確か、図書室で……」

星集め祭よりも前、小さなゴミがついていたブレンダの髪に触れようとしたことがあった。

あのときには、もう、ブレンダが……？

「――ブレンダ」

怖い。手が、震える。

好きなひとが、何者かによって操られているかもしれない。それも、自分が持っている力と同じ力で。

そうでないといい。

そうであってはならない。

でも、本当にそうであったとしたら。

過去に一度読んだことのある該当箇所までページをめくる。

「魔眼の洗脳の力を解くには……時間経過か持ち主に解かせるしかない」

ボクの魔眼の力では反発して、現在かかっている力がより複雑に変容し、洗脳した張本人にも解けなくなる。

……どうする。

魔眼の力も、天文塔では研究している。それもあって、天文塔で働きたいと思った——ということは、どうでもよくて。

天文塔に、通報すべきか？

でも魔眼なんて、古めかしいモノ、現在ではほぼ実例がない。

天文塔は、比較的クリーンな研究機関だが、されど研究機関なのだ。

ブレンダが、弄くり回されて、万一、洗脳した張本人にも解けなくなってしまったら。

その状態だと、時間経過でも解けなくなってしまう。

「……ブレンダ」

もう一度、その名を呼ぶ。

ボクが、初めて好きになった女の子。

きらきらとした笑顔が眩い、陽だまりのような女の子。

本来なら、今すぐにでもブレンダに伝えるべきだろう。

ブレンダは、何者かに洗脳されている可能性がある、と。でも、ブレンダを、徒に不安にさせたいわけじゃない。

だから、もっと、確証を掴んでからのほうがいい。

……厄介なのは、どのような洗脳なのかが、わからないことだった。

意のままに操る、といっても、全く素質がないことは流石にできない。

反対に言えば、少しでも素質があることだったら、操れてしまうんだけど。

魔眼の文献を読み漁りながら思考していると、館員に声をかけられた。

「まもなく、閉館時間です」

魔眼に関わる文献は、王立図書館から持ち出してはいけないことになっている。

ひとまずここまでにして、帰ろう。

乗合馬車に乗っている間もずっと、ブレンダのことを考えていた。


別荘に帰ると、ブレンダが出迎えてくれた。

「ジルバルト様、おかえりなさい」

「……ただいま」

輝くような笑みは、どう見たって、ボクが出会った時のままで。

ボクは、泣きたくなった。ボクが今抱いている疑念は、間違っているんじゃないかって。

だって、そうだ。こんなに素敵な子が、誰かに操られるなんてこと、あってはならない。

俯いたボクを、心配そうにブレンダが覗き込む。

「どうしましたか？　熱でも……」

けれど、そういって、ボクの手に触れた瞬間、やっぱり電流が走ったような衝撃がした。

――ああ、やっぱり本当なんだ。

「いたた、最近多いですね。静電気」

微笑んだブレンダは、夢にも思っていないだろう。

「ジルバルト様？」

ボクは叫びだしたいような気分になった。ボクと同じ力が、ブレンダを苦しめている。

それは、これ以上ないほど、悲しく、辛いことだった。

「ううん、なんでもないよ」

でも、ボクの痛みなんて、そんなことどうでも良かった。

ボクは、ブレンダの味方でいると決めた。

だったら、ボクがすべきことは――ブレンダを助けるために努力をすることだ。

まだ不思議そうな顔をしているブレンダになんでもない、ともう一度言葉にして、ボクはみんなが夕食を待っているだろうダイニングへと、足を運んだ。


その翌日。

今朝見た新聞で知った、ホラーハウスの情報を伝えると、みんなが食いついたので、そこに行くことになった。

でも、ブレンダは幽霊が苦手らしく、欠席するらしい。そして、まだブレンダに贈る誕生日プレゼントが決まっていないらしいアレクシス殿下も。

……これはボクにとって、好都合だった。

ブレンダと近しいカトラール嬢やマーカスくんに最近のブレンダについて、話を聞きたかった。

もしかしたら、そこからブレンダがどのような洗脳を受けているのかが、わかるかもしれない。

ボクは、行きの馬車の中で、ブレンダの話題を出した。

二人とも、楽し気に様々なエピソードを聞かせてくれたけれど、その様子からはブレンダが以前と違う姿は感じられなかった。

でも、もっと他の角度からなら。そう思って、クライヴに話を振る。

「そういえば、ブレンダ嬢は、アレクシス殿下を避けていないいな」

クライヴの言葉に、カトラール嬢は温かい目を、マーカスくんがどよんと暗い目をした。

カトラール嬢の目は、親友が恋をしたことを微笑ましく思っている瞳、そしてマーカスくんもきっとボクと同じ気持ちだから、暗い目をしたのだろうけれど……。

そう、ブレンダは、アレクシス殿下を避けていない。

以前行われたダンスパーティーでは、しつこかったからかもしれないが、仮病を使って避けていたのに。

でも、それはおそらく、ブレンダがアレクシス殿下に恋をしたからで。

恋をした相手を避ける……というタイプもいるのかもしれないけれど。

大多数は、恋をした相手にはもっと会いたい、親しくなりたい、と思うのが普通じゃないだろうか。

じゃあ、これも違うかな。

今度は、ブレンダに直接何か変わったことがないか、聞いてみよう。

ホラーハウス——それなりには楽しめた——に行った日の夜。

「ブレンダ」

ボクは、みんながホラーハウスについて盛り上がっているときに、こっそりと彼女に話しかけた。

「少し、時間ある？」

ブレンダは不思議そうに首をかしげたけれど、はい、と頷いてくれた。

「ちょっと、夜風にあたってくるよ」

ボクがホラーハウスで怖がっていたことを笑ったからふてくされているのかと誤解した周囲は、すんなりと受け入れてくれた。

別荘の庭で、月明かりに照らされているしぼんだアサガオを見ながら、ブレンダに尋ねる。

「……ブレンダ」

「はい」

なんて、話を切り出そうか。

自分が洗脳されている覚えはないか、なんて絶対に聞けないし。

「……ジルバルト様？」

ボクは悩んだ挙句、あたりさわりのない言い方をした。

「ブレンダはさ、最近、困ったこととかない？」

「……困ったこと、ですか？」

ブレンダは考え込んだ後、いいえ、と首を振った。

「じゃあ、最近、気にしてること……。以前よりも、身だしなみは気にしますね」

「気にしてること……ととか」

それは、きっとアレクシス殿下に恋をしたからだろう。

「……そっか」

はにかんで頬を赤らめたその表情に胸が痛くなる。

「ありがと。聞きたかったのは、それだけだから」

「？　そうですか？」

「うん。ボクはもう少し涼んでいく」

じゃあ、お先に戻ってますね、と礼をして去っていった後ろ姿を見つめる。

「……はぁ」

ブレンダが、恋をしたのはボクじゃない。そんなこと、わかっていた。

でも、他の誰かを想って赤くした頬を見るだけで、こんなにも胸が痛くなる。

「……ん？」

そういえば、ブレンダがアレクシス殿下に恋をしたのは、いつだっただろう。

確か、学園の行事である「かくれんぼ」のペアになって、それから急速に距離を縮めた二人。

「あの図書室での出来事は……」

どくどくと心臓がうるさい。

そうでなかったらいいのに、そう願うのに。

同時に、そうだったら納得だ、と思う自分もいて。

「――あれは、かくれんぼの後、だ」

だって、星集め祭の前だったたから。

「ブレンダの恋心が……」

もしも、植え付けられたものだったら。

ありえない、だって、ブレンダはあんなにも楽しそうで、輝いていて。

でも、もしそうだったら。

――手をきつく握りしめる。

そうだったらブレンダは、どれだけ傷つくことになるだろう。

洗脳されている時点で傷つくのは確定だとしても、考えられうる中で最もブレンダを傷つける答えになる。

「……っ！」

そうでなければいい。

でも、そうだったときに、ブレンダが一番傷つかない方がいい。

――だから。

ボクに出来ることは……。

「アレクシス殿下を見張ること」

といっても、アレクシス殿下が魔眼を持っている、という話は聞いたことがないし。

だから、洗脳したのは、アレクシス殿下を慕う別の誰かだという可能性もある。

それでも、確認しておくにこしたことはなかった。

すべてが杞憂に終わればいい。

願いながら、ボクは別荘の中に戻った。


その翌朝。

早朝にみんなでブレンダのお誕生日会の飾りつけをするよりも、少し早く起きたボクは、アレクシス殿下が外の庭で花を眺めていることに気づいた。

気づかれないように、そっと息をひそめて見ていると、クライヴがアレクシス殿下に話しかける。

二人でアサガオが咲いた、という話をしたあと、アレクシス殿下はクライヴをみた。

「君は、もしミラン嬢が……他の人を好きになったら、どうする？　力ずくでも、こちらに振り向かせたいとは思わないのか」

「！」

思わず、息をのむ。

それは……。やっぱり、ブレンダを……。

「もちろん、私を見てもらえるように、努力します。でも、決して傷つけるようなことはしません。

だって、それが愛するということだと、私は彼女から教えてもらったから。――愛は相手を傷つけるものであってはならない。私は、そう思います」

クライヴの言葉に内心で頷く。

「傷つけてしまったら……どうしたらいい？」

絞り出すようにアレクシス殿下がいった言葉に、クライヴは、そんなの簡単ですよ、と笑った。

「謝って、仲直りすればいいんです」

息をのんだアレクシス殿下を確認して、気づかれないように、そっとその場を後にする。

アレクシス殿下は、ブレンダに魔眼の力を使っているように思えた。

考えてみれば、アレクシス殿下はボクに少しでもぶつかることのないよう、細心の注意をはらっていることにも気づいた。

「……はぁ」

一介の男爵令息であるそれも、いずれ貴族籍を抜けるボクには、重すぎる、秘密を知ってしまった。

ボクが望むのは、アレクシス殿下が罰を受けることではなく、少しでもブレンダが傷つかないことだ。

だったら、クライヴの言葉に、はっとした顔をしたアレクシス殿下を信じるしかない。

アレクシス殿下がブレンダに直接謝り、真実を話すのを待つしか、ない。

でも、もし、アレクシス殿下がブレンダに話さなかったら——そのときは、ボクがブレンダに洗脳されていることを話そう。

「……どうか、ブレンダの傷が少しでも浅くなりますように」

書き下ろし番外編

Newly written extra edition

恋という呪いについて

（リヒト視点）

The former Duke's daughter, who stopped killing her emotions.

It is loved by everyone!

――ブレンダ。俺のたった一人のかわいい妹。

今は、そう思っているけれど。

そうではない時期がなかったと言えば、嘘になる。

水色の髪に瞳。俺たちの母に瓜二つなその外見は、どうしたって人目を引く。そんなブレンダを、母は溺愛していた。

俺は大好きな母をブレンダにとられた気がして、嫉妬したこともあった。だって、当時からクソ父の異様さをどこかで感じ取っていたから、唯一俺……いや、俺たちを庇護できる存在は母だけだった。

「お母様はいっつも、ブレンダのことばっかり」

そう駄々をこねた俺に、俺だって母の小さな王子様だといって、母は続けた。

「ねぇ、ブレンダ、リヒト。覚えておいて。あなたたちは、二人きりの兄妹よ。だから」

――ずっと、ずっと、仲よくしてね。

その言葉は、ゆっくりと俺の心の中に染み込んだ。

そっか。ブレンダと俺は、二人きりの兄妹なんだ。

だったら……。

「わかった。じゃあ、ブレンダのことは俺が、守るよ」

守る、という言葉が出てきたのはその当時はまっていた物語の主人公が、よく言っていた言葉だったから。

当時の俺は、その言葉の意味を、重みを理解しないまま使っていた。

「リヒト……可愛い私の王子様。ブレンダをお願いね」

微笑んだ母に向かって頷いた俺は、誇らしさを感じていた。

——でも、母が亡くなり、その言葉の重みは徐々に俺にのし掛かるようになる。


あんなに母の葬儀で棺にすがり付いていたのに、数日後には平気そうなそぶりを見せたクソ父は、やはり狂っていた。自殺をはかり失敗したあいつは、一つ残らず母の痕跡を消そうとしたのだ。

母の物となれば宝石の一粒さえも捨て去ったクソ父の姿は、異様だった。

そして、その矛先は、生き写しと言われるほどそっくりなブレンダにも向けられた。

「お前の笑い方は下品だ」

母そっくりのブレンダが一番母に似る瞬間。それは、笑顔だった。

母は貴族らしからぬ笑い方で、よく笑う人だった。……といっても、その笑みを見られるのは俺たち家族限定だったけれど。

初めに、ブレンダの笑みを封じた父親は、一つずつ、ブレンダの感情表現を禁じていった。

——お前の涙は、鬱陶しい。

——お前の悲しい顔は、見るに堪えない。

——お前が喜べば、周囲は不幸になる。

ブレンダの表情から少しずつ感情という色が抜け落ちて行くのを、俺は、ただ、呆然と眺めていた。

守ると誓ったはずなのに、ブレンダの心を何一つ守れていない。

そんな自分に嫌気がさす。でも……。

「……リヒトお兄様？」

「……。ブレンダ」

「はい、リヒトお兄様」

顔を覗き込む。その空を映した瞳からは、一見感情は消えているようにも見える。

でも、俺にはわかった。ブレンダは、泣いていた。

「……ブレンダ。俺たちは、ああはならないようにしよう」

詳しくは言葉にしなかった。それでも、ブレンダになら正しく伝わるはずだ。

「……はい」

小さく頷いたブレンダを見る。

ブレンダは貴族らしい微笑をはりつけていて、以前のような心からの笑みはもう、随分長いこと見られていない。

年を重ねてますます美しく、そして母に似てくるブレンダ。

クソ父が、母のいた最も大きな痕跡であるブレンダを消せなくて憎んでいる間は、まだいい。

もし……もしも、ブレンダを母の代わりにしようとしたら。

母にあれほど執着し、狂っていたあの父のことだ。

——ありえないことではなかった。

だったら、俺にできるブレンダの、大切な妹の守り方は……。

……そうだ。本当は王太子殿下がいいけれど、彼には隣国の王女という婚約者がいる。だったらこの際、第二王子殿下でも構わない。とにかくブレンダを王族と婚約させてしまえば、クソ父も王族の婚約者には手出しができないだろう。

感情を殺し続けることになったとしても、母の代わりにされるよりはましなはずだ。

俺は、クソ父の前で、優等生のふりをし続け、クソ父からの信頼を勝ち得た。全くといっていいほど、母に似ていないこの容貌も手伝って、クソ父は俺の言うことなら少しだけ聞き入れるようになったのだ。

公爵家の益になるから、とかなんとか適当に理由をつけて、ブレンダを第二王子――アレクシス殿下の婚約者にするように勧めた。王家としても、隣国との繋がりは王太子殿下がもっているから、今度は国内の有力貴族である、公爵家との繋がりを持っていて損はないはずだ。

……そして、俺の思惑通り、ブレンダとアレクシス殿下の婚約は結ばれた。

これで、俺が力をつけて、クソ父を追い出すまでの時間稼ぎができる。

アレクシス殿下が、よく言えば穏やか、悪く言えばぼんやりして意思がない……ように見えるのは、問題だが。

この婚約を続行し続けてくれさえすれば、それでいい。

「ブレンダ」

「はい、リヒトお兄様」

二人の婚約の御披露目会となる夜会で、少しだけ、期待をしたような瞳で、ブレンダがアレクシス殿下を見ていた。もちろん、周囲には気づかれないほどの、小さな期待だった。

ブレンダの期待。それは、きっと……。

「大丈夫だよ」

俺は、小さく微笑んだ。

「アレクシス殿下と仲良くできる」

「……はい」

頷いたブレンダは、相変わらず仮面のような微笑を浮かべていたけれど。その中に、小さな喜びが見てとれて、俺は息を吐いた。

ブレンダは、顔に表せないだけで、人並みに——いや、人並み以上に感情がある。

婚約者、は近しい存在だ。それこそ、時には家族である俺よりも。

だから、俺がブレンダの機微がわかるように、いや、それ以上に。

アレクシス殿下がなるといい。……きっと、なってほしい。

——心の底から、そう、願っていた。

けれど、数年たっても、ブレンダとアレクシス殿下の距離は縮まらなかった。

アレクシス殿下と婚約させたのは、早まったかな、とも思ったが、それでも、ブレンダを守る盾が必要だった。

アレクシス殿下がブレンダに恋をしてくれれば一番手っ取り早くて都合がいいが、現実はそううまくもいかないらしい。

どうしたものかな。

悩むけれど、解決策は見つからず、俺が学園に通う年になってしまった。

「ブレンダ……いい子に、できるね？」

出立の日、ブレンダにそう言って微笑む。

いい子、つまり感情を押し殺したままでいろということ。

そこまで口に出さなくても聡いブレンダになら伝わるだろう。

「はい」

頷いたのを確認して、馬車に乗り込む。

「ごめん、ブレンダ」

愛してる。

心の中でそう告げて、俺はスコット公爵邸を後にした。

学園に入ってからは、とにかく人脈を広げることを意識した。

あのクソ父を早く公爵邸の外に追い出すためならなんだってやった。

有力貴族の息子の頼みはなるべく聞いて、貸しをつくり、時には弱みも握った。

「……ふー」

学園での一日が終わり、唯一心が休まる自室に戻って息をつく。

今日も一日頑張ったな。

でも、まだあのクソ父を追いやるには、力が足りない。

「……ブレンダ」

よく使う教科書の中に、そっと忍ばせているブレンダと母が描かれた小さな肖像画を見る。

輝くその笑顔を見たのはもう、ずっと前のこと。

そして俺がいい子にしろ、といったから、おそらくブレンダはまだ感情を殺したままだろう。

「……俺たちは、たった二人の兄妹だから」

まぁ、従弟のルドフィルも、ブレンダを妹のようにかわいがってはいたけれど。

それでも、ブレンダの本当の「お兄様」は、俺だけだから。

今日も、ブレンダに手紙をしたためる。毎日、ブレンダに手紙を書くこの時間は、俺にとってとても大事な時間だ。

クソ父に万が一読まれても不審に思われないように、書くのは些細なことばかりだ。

今日は、天気が良いこと。学園に住み着いている野良猫に子供ができたこと。花壇で見た花が綺麗だったこと。

そして、最後に愛してる、という言葉。

学園を出るときにちゃんと口に出しては伝えられなかった言葉も、手紙ならすんなりと書くことが出来た。

全寮制のこの学園に入っている三年間、長期休暇中も俺はあの家に戻らないことを決めていた。

ブレンダの様子が気にならないわけじゃない。

でも、俺は、あのクソ父の前で再び優等生を演じられるかが心配だった。

ブレンダの感情表現方法を奪った、あのクソ父を。俺たちの保護者という役を一度も担おうとしない、クソ父に、殺気を出さない方が難しい。

でも俺がそうすることで、ブレンダに目がいけば困る。

だから、学園で優秀な成績を残しつつ、人脈を広げて、力をつけるのだ。

――そう、俺の学園生活は人脈つくりだけで終わる、はずだった。


「……リヒト・スコット様」

綺麗な菫色の瞳が印象的な女の子。

そんなシーナ・ハバス伯爵令嬢に、初めて名を呼ばれたとき、俺は正直言って面倒だな、と思った。

人脈は広いに越したことはない。あのクソ父を追い出さなければならないのだから、なおさら。

そんなことわかっていたのに俺は女子というものを避けまくっていた。もちろん、男子生徒のほうは抜かりなく、有力貴族と縁を深めてはいたけれど。

女子生徒、ともなると恋に関わる可能性がある。

俺が恋に落ちるにしろ、女子生徒が恋に落ちるにしろ、どちらにせよ厄介なことになるに違いない。

俺は恋が、嫌いだ。

恋がなければ、俺やブレンダが生まれることはなかったのかもしれない。

でも、恋がなければ、俺たちはあのクソ父に困らされることはなかったから。

「……なにかな、ハバス嬢」

俺はため息をつきたいのを抑えて、彼女に向き直った。恋には関わりたくないけれど、ここで邪険にするのはもっと面倒なことになるだろう。

「わ、私と一緒にダンスパーティーで踊っていただけませんか!?」

いかにも緊張してます、といった表情で、俺を見つめるシーナ。

「……うん、まぁ、踊るくらいなら」

パートナーともなると、また厄介なことになりそうだけど、踊るくらいなら別に、問題ないだろう。……でも。

「ありがとうございます!」

ただ、一度踊る約束をしただけ。たったそれだけなのに、彼女は輝くような笑みを浮かべた。

「!」

菫色の瞳が細められ、そこに心底幸福そうな色をみたとき、もしかしたら、すでに、俺は……。

それからも、シーナは俺に声をかけ続けた。

――リヒト様、もし良かったら、一緒に帰りませんか!?

――リヒト様、ご都合がよろしければ、喫茶店に行きませんか⁉

――今日は、いつもと少し髪型が違うのですね。とっても素敵です！

面倒だ、と思ったのは最初のうちだけだ。必死に声をかけてきて、俺がそれに受け答えをしただけで、嬉しそうな顔をするシーナに声をかけられることを心待ちにするように、いつの間にかなっていた。

シーナのことを考えると、胸がじんわりと温かくなる。

その理由に気づけないほど、鈍くはなかった。

……だが、俺は本当にこれでいいのだろうか？

「ブレンダ……」

今日も男子寮の自室に戻り、ブレンダと母の肖像画を見つめる。

「俺は……」

ブレンダに書いた手紙の返事が返ってきたことは一度もない。

第二王子の婚約者として忙しいからかもしれないし、俺が良い子にしろといったことを怒っているからかもしれない。

俺が一番に優先すべきこと。それは、俺のことでも、シーナのことでもない。――あのクソ父を追い出すことだ。

それに、俺の中に宿るこの想いは、きっと、シーナや周囲を傷つけてしまう。

俺は、俺やブレンダがしたような想いを他の誰かにさせたくない。

――そうだ、だったら答えは決まっていた。

「リヒト様？」

翌日、今日も俺に声をかけてきたシーナに、向き直る。

「……ハバス嬢」

はっ、とシーナが息を詰めるのがわかった。最近の俺は、シーナのことを、名前で呼ぶほど親しくなっていたから。

「悪いけれど、もう、俺に構わないでほしいんだ」

それだけ告げると足早にシーナの元を去る。

「……リヒト様」

悲しそうな、シーナの声が聞こえる。

でも、これでいい。これでいいはずだ。

俺がすべきことや、俺の想いがいつか誰かを傷つけるかもしれないことを考えれば、これでいい。

自分に何度も心の中でそう言い聞かせて、俺は、痛む胸に気づかないふりをした。

それから数か月が経った。

「この学園にいる伯爵家までの男子生徒はだいたい縁がつくれたかな……」

俺が公爵家を継ぐときに、反発する有力貴族はかなり少なくなっただろう。

「……シーナ」

いつもだったらブレンダの名前がでてくるときに、急にシーナの名前が口から飛び出た。

驚いて、ブレンダに手紙を書いていたペンを取り落とした。

もうずいぶんと呼んでいないはずのその名前。それでも、口になじむその名前を、舌の中で転がすように、何度か呼んだ。

すると、どうしようもなく叫びたいような気持になった。

叫んだところで遠ざけたのは俺だし、どうにもならないのに。

心を落ち着かせるために、ブレンダと母の肖像画を見る。

どこまでも無邪気なブレンダと母の笑みが描かれた肖像は、優しい記憶を思い出させた。


『愛しているわ、リヒト、ブレンダ』

そう微笑んだ母の顔と、くすぐったそうな顔で笑ったブレンダ。

『おかーさま、おかーさまは、おとーさまに恋をしていないの？』

ふと、そう尋ねたブレンダに母はあのとき、なんと答えただろうか。

『そうね、前は恋をしていたわ。でも、今は、恋よりも愛、が強いわね』

でも、と母は微笑んだ。

『恋もいいものよ。リヒトもブレンダもいつか恋をしてね。自分を見失わなければきっと、大丈夫だから』

「自分を、見失わなければ……」

遠い過去過ぎて、すっかり忘れていた言葉だ。俺は、恋をしてはいけないものだと考えていたけれど。

もしかして、そうじゃない？

それに俺はクソ父の血も入っているわけだけど、同時に母の血も受け継いでいるのだ。あの優しく穏やかな人の血を。

だったら、大丈夫なんじゃないか。

それに、俺には理性があり、あのクソ父のように理性を無くしたくはないとも思っている。

それに、俺はあのクソ父にかけられた呪いを抱えたまま生きていくのはもう、嫌だ。

気づいたら、俺は自室を飛び出し、走り出していた。男子寮とは少しだけ離れた女子寮のベルを鳴らす。

まだ、ぎりぎり男子生徒も応接室に通してもらえる時間だった。

息を切らして寮の中に駆け込み、シーナを呼んでほしいと願った俺に、寮母さんはお茶をいれて少し待っているように言った。

永遠のように感じられる時間の中、俺はシーナに言うことを頭の中で整理していた。

まずは、急に遠ざけたことに対する謝罪と、俺の過去のこと、そして、俺はシーナに恋をしていること。

この順番で言おう。

何度も頭の中で予行演習した。けれど、応接室の扉がノックされて、シーナの菫色の瞳をみた瞬間――。

「シーナ、俺は君が好きだ……っ!?」

シーナは驚いたように目を見開いていたけれど、一番驚いているのは俺だった。

深呼吸をして、理性を呼び戻す。

よかった、俺は自分をまだ見失っていない。

「シーナ、ごめん。もっと、順序だてて話すよ。まずは――!?」

「私も。……私も、リヒト様が好きです！」

俺に抱き着いたシーナを慌てて、受け止める。

途端に触れたところから、じんわりとした熱が伝わり、これ以上ないほど幸福な気持ちになった。

二人の気持ちが落ち着いてから、シーナにすべてを話した。今度は、ちゃんと脳内で練習した通り、順序だてて話せた。

「そんなことがあったんですね……」

「……うん」

シーナは、ふわりと微笑んだ。

「話してくださり、ありがとうございます」

「シーナには知っていてほしかったから」

「でも……」

「?」

シーナはまっすぐ俺を見つめていった。

「大丈夫ですよ。リヒト様は、決して御父上のようにはなりません」

……大丈夫。

クソ父のようにはならない。

――俺は、ずっと誰かにそう言ってほしかったのだと、言われて気づいた。

「シーナ……」

「だってリヒト様は、私が恋をした人だから。私はリヒト様を信じています」

恋しい人に信じている、と言われることがこんなにも、嬉しくて、幸せなことなのだと知らなかった。

この想いは、恋をしたから味わえたもので、俺が恋をしなければ一生知らなかったこと。

体がふっと軽くなる。

――俺は、俺にかけられたクソ父からの呪いが、ほどけていくのを感じた。


その後、俺は更に人脈を広げつつ、無事に学園を卒業し――。

「……ブレンダを、勘当した?」

ブレンダがアレクシス殿下から婚約を解消され、それに怒ったクソ父から勘当され貴族籍も抜かれたことを知る。

幸いブレンダは、街のしっかりしている宿に滞在しており、安全面が確保されていること、また、俺たちが通っていた全寮制の学園に特待生として、入学予定ということも分かった。

「……良かった」

でも、俺の闘いはここからだ。

クソ父を追い出して、必ずたった一人の妹であるブレンダを迎えに行くのだ。

……そうだな、学園の夏期休暇の間にはすべての決着をつけよう。

「……ブレンダ」

まだ呪いがかけられたままの俺の妹。必ず、お前を迎えにいくから。

——どうか、待っていて。

書き下ろし番外編

Newly written extra edition

それはまるで、恋のような

（アレクシス視点）

The former Duke's daughter, who stopped killing her emotions.

It is loved by everyone!

ブレンダが好き。ブレンダに、恋をしている。

それは、今の私を表す言葉であり、私の全てだった。

『すべてだったら、もっと大事にしなよ』

『術をかけて何が、悪い』

相反する二つの声が、今日もうるさい。どちらの声にも耳を傾けることなく、ベッドから起き上がる。

――今日から、ブレンダがこの別荘にやってくる。

カーテンを開くと、眩い朝日が目に入って来た。

「いい、朝だな」

ブレンダに出会える日なのだから、悪い朝になるはずはないが。

心の中でそう付け足して、朝の支度を整え、別荘の外に出る。

今日はローリエ殿が、走っていないようだった。

早朝の新鮮な空気を吸いながら、ぐるりと庭を回る。庭は、綺麗に整えられていた。その中で、ひとつの花がやけに気になった。

青く丸い花は、まるで、庭に咲いた小さな花火のようだ。その美しさも目を引いた理由だが、その中で、一つ、まだツタも伸びきっていない、小さな株があるのに気づいた。

「アサガオが気になりますか？」

「……クライヴ殿」

振り向くと、クライヴ殿がその花を指さした。

「この花は、アサガオというのか……面白い名だな」

「ええ。特に、その右の――まだツタが伸びきっていないものは、今咲いているものよりは、開花が遅いですが、美しい花を咲かせますよ」

「そうなんだな……」

クライヴ殿によると、これは朝に咲く花らしい。夕方には、しぼんでしまうのだという。

その儚さがより、美しく見せるのかもしれない。

「見られて……良かった。明日は、見られないのか？」

「今日の花はしぼむでしょうが、まだつぼみがたくさんあるので、明日には新しい花が見られますよ」

そう微笑んで、クライヴ殿は去っていった。

しばらく、その花を見つめる。ブレンダは、もっと淡い色彩だが、不思議と彼女を思い起こさせる。朝食だと呼びに来るまで、ずっと、その花を、眺めていた。


――ブレンダが、別荘にやってきた。

ミラン嬢と一緒にやってきたブレンダは、相変わらず鮮やかで、眩しく映る。

ブレンダに会えるのをとても、とても、楽しみにしていた。

それなのに私は――くだらない嫉妬でブレンダを傷つけてしまった。

それなのにブレンダは、私と一番仲良くしたいと言ってくれた。大方ミラン嬢にそう言うように、と言われたのだろうが、その言葉は、私の胸に響いた。

私は術を使って、ブレンダに恋心を植え付けた。それにも拘らず、ローリエ殿に嫉妬したのは、自分に自信がないからだ。

本当にブレンダが、私を好きでいてくれているのかと、恐怖している。

そんな私に——一番、という言葉は、これ以上ないほど甘美な毒だった。即効性のその毒は、私の胸に落ちて、じわりと広がる。

もっと、もっと、ブレンダに私を見てほしい。

その欲望が、翌日のばーべきゅーでも言葉になって表れた。

「今でも十分幸せなのに、これ以上を望んでしまいたくなる」

これ以上——偽物ではない恋心を抱いたブレンダに、見つめられたい。笑みを向けられたい。そして——愛されたい。

もちろん、そのための努力なら、惜しまない、つもりだ。

『それなら、ブレンダに謝ろうよ』

『偽物がいずれ本物になるなら、言う必要はない』

相反する声は、変わらず頭の中で響いていた。それらを無視して不思議そうな顔をした、ブレンダと他愛ない話をした。

その次の日。今日は湖に行くらしい。その前に、庭の隅の小さなアサガオを見に行くと、少しツタを伸ばしていた。

「アレクシス殿下？」

「ああ、今行く」

不思議そうに呼んだ、みんなの方へとかけていく。湖までの道のりはあっという間に過ぎた。

一人で、ボートに行こうとしているブレンダに声をかけ、一緒にのることになった。

ブレンダとボートにのるのは、随分と久しぶりだった。婚約者時代にロイと私たち三人でのって以来だ。

――もし、あの頃に戻れたら。

懐かしく思いながら、ボートに乗り込む。

すると、ブレンダもその話題を出した。途端に、胸の中が温かくなるのを感じる。

ブレンダも憶えていてくれて、とても嬉しい。

婚約者時代の話を、そして、それ以前の話をした。

感情を抑えきれなくなって、ブレンダに触れようとした、そのとき、ミラン嬢たちに声をかけられ、現実に引き戻された。

少し残念に思いながらも、ボートを降りて、お昼休憩をとった。

その後、釣りをしていると、ふと、水面に映った、自分の顔が見えた。

その瞳には――間違いなく意思が宿っている。そう思うと、今日の出来事や過去の出来事が思い出され、同時に迷いが生まれた。

私が、水色を好きになったのは――ブレンダの、色だから。

ブレンダは間違いなく、私に、意思をくれた。

そのブレンダの意思を踏みにじるような真似を……私はしている。

そんなことなとっくにわかっているつもりだった。

私は、赦《ゆる》されたいと思わないし、赦されるとも思っていない。


でも、本当にこれでいいのか。


幻聴でよく聞く、幼い私の声や、術に賛同する今の私の声でもなく。

――私の心のうちの核がそう叫んだ。

お前は、私は、これでいいのか。ブレンダの偽の恋心――いずれは消える、その時間ギリギリまであがいて、その間に本物の恋心を抱いてもらう。

これで、本当にいいのか。

「……いい、に、決まってる」

何度も何度も問いかけだした心に、蓋をする。

湖に映る自分は何か言いたげで、それから目を逸らすように、釣りに集中した。


――数日、穏やかに時が過ぎた。

何度か、何か聞きたそうな瞳でブレンダが私を見つめていたこともあったが、私はそれに気づかないふりをしていた。

ブレンダはきっと、あの湖での言葉の続きを知りたかったのだろう。だが、私は、あの日聞こえた心の声について考えるのに、精いっぱいだった。

――これで、本当にいいのか。

いい、に決まっている。

ブレンダが私に本当に恋をする。そんな日が来るのなら、誰に罵られようと軽蔑されようと、構わなかった。……そのはずだ。

それなのに、相変わらず心は問いかける。

――お前は、これで本当にいいのか？

「さっき、新聞で見たんだけど。ホラーハウスが近くにできたらしいよ」

「っ⁉」

思考している間に、今日の予定は、ホラーハウスで決まりそうになっていた。

私は、幽霊が苦手だ。

だが、第二王子として、皆の前でそんなことが言えるはずがない。

どうする？　だが、このまま黙って参加し、醜態を晒すほうがもっと……。

「今回はご遠慮させてください」

悩んでいると、ブレンダが手を挙げた。幽霊が苦手だと、苦笑したブレンダにほっとする。

一人欠席するなら、私も残りやすい。

それに……。

「私が残ろう」

ブレンダがひとりだと退屈だろう、という話になった直後に、手を挙げる。

ブレンダの誕生日プレゼントを私だけ、まだ選べていない。

そのことを、ブレンダ以外にわかるように、告げると、周囲も納得した。

これで、誰も私が幽霊を苦手としていることには、気づかないだろう。

……良かった。


ブレンダと私以外のメンバーを、送り出す。アサガオを見ると、かなりツタを伸ばし、もうすぐ花開きそうだった。

送り出した後、ブレンダがお茶を飲もうと提案してきた。

恋しい人からの誘いに、もちろんだ、と頷く。

嬉しそうに少し頬を染めた、ブレンダを愛おしく思いながら応接室に行く。

紅茶に口をつけると、ブレンダが意外なことを言った。

「まだ、幽霊が苦手ですか？」

「!?　ごほっ」

なぜ、それを……。

そう思ってから、思い出す。

婚約者だった頃、一度だけ、そんな話をブレンダとしたことがあると。

だが、そのときのブレンダは、相変わらず仮面のような微笑をはりつけて、幽霊なんていない、といったのだった。

そのことを指摘すると、ブレンダはとぼけたが、やがて、観念したように、微笑んだ。

その笑みを見て気づく。

「もしかして、私が不参加を選びやすいようにしてくれたのか？　一人欠席すれば、欠席しやすくなるから」

口にすると、その疑惑は、確信へと変わった。

だって――だって、君はそうだった。

そういう、人だった。

懐かしく思いながら、過去のことを話した。

ああ、そうだ。君は、その表情以外は、昔から変わっていない。

どうして、私は、見ないふりをしていたのだろう。

私の中に後悔が渦巻く。

何度も、何度も、私は間違えた。

ダンスをするときでさえ、目をあわせなかったことも。

贈り物は全て、ロイ任せだったことも。ドレスの一着さえ、自分で選んで贈ったのは、この前のダンスパーティーが初めてだった。

――あのときに、もっと。もっと、ブレンダと向き合っていれば、こんな風に、禁術なんて使わなくても。ブレンダと恋人のような婚約者同士になれていたんじゃないか。

そんな私に、ブレンダは言った。

「では、今を変えませんか？」

今を、変える。過去は、変わらないけれど、今なら変えられる。

ブレンダの言葉が、ゆっくりと私の心の中で響く。

私が婚約者時代に本当のブレンダを見つけられなかったことも。

優しさに気づかぬふりをしたのもかわらない。

そして、ブレンダに振り向いてほしくて、禁術を使ったことも。

何一つ、変えられないけれど。

『今』は、変えられるのだと、ブレンダはいう。

変えたい過去はいくらでもある。だが私は、今を変えたいのだろうか。

ブレンダが恋する瞳で私を見つめてくれている、今を、変えたいだろうか。

――心の中で問いかけるまでもなく、その答えはわかっていた。


その翌朝。

ブレンダの誕生日会の日の朝、少し早めに目が覚めた私は、いつものようにアサガオを見に行った。

「！」

以前の面影もないほど、ツタを伸ばし、大きく成長したアサガオは、ついに開花した。

クライヴ殿が言っていた通り、そのアサガオは、他のどのアサガオよりも綺麗な花を咲かせていた。

周りにあるアサガオより薄い青色をしているそれは、ブレンダの瞳にそっくりだった。

「……ブレンダ」

私はそのアサガオを見て、ふいに、泣きそうになった。

過去は、変わらない。でも、今なら。

また最近の心の叫び声が聞こえた。もう聞き飽きてしまった、これで、いいのか？　という問いに、手を握りしめる。

そんなことは、わかっている。

だが、その今が。――こんなにも恋しくて愛おしい。

ブレンダが、恋しているのだと、好きだとその瞳から熱が伝わる今が、こんなにも愛おしい。

その今は、私の幾度もの間違いでできた、今だと知っているのに。

けれど、それは刹那だと知っているからこその愛おしさなのだろうか。

あと半年ほどで、ブレンダの恋心は消える。

私の体の不調――寝る前に血を吐くことがある――や幻聴も、それと共に消えるだろう。

それまで、それまで、待っていてはだめなのか？

アサガオが、風に吹かれて、小さく揺れる。

「アレクシス殿下」

「！　……クライヴ殿か」

爽やかに私を呼ぶ声に振り向くと、クライヴ殿が立っていた。

「そのアサガオ、咲きましたね」

「……ああ」

私は頷きながら、クライヴ殿を見た。

「君は……」

ミラン嬢と恋仲だったはず。

彼なら、この想いがわかるだろうか。

「君は、もしミラン嬢が……他の人を好きになったら、どうする？」

力ずくでも、こちらに振り向かせたいとは思わないのか。

私がそう尋ねると、クライヴ殿は微笑んだ。

「もちろん、私を見てもらえるように、努力します。でも、決して傷つけるようなことはしません。だって、それが愛するということだと、私は彼女から教えてもらったから」

——愛。

「愛は相手を傷つけるものであってはならない。私は、そう思います」

では、私は？　私がしている行為を知れば、ブレンダは間違いなく傷つく。

「傷つけてしまったら……どうしたらいい？」

絞り出すように言った言葉に、クライヴ殿は、そんなの簡単ですよ、と笑みを深くした。

「謝って、仲直りすればいいんです」

◇◇◇

華やかに空中で弾ける花火を見ながら、私は、あのアサガオを思い出していた。ブレンダにそっくりな、美しい花を咲かせたアサガオ。けれどその日の夕刻には、アサガオはもうしぼんでしまった。

私の恋も、いずれ、しぼむのだろうか。この想いは私のすべてで。そのすべてが無くなってしまったら、私はどうすればよいのだろう。

いや、違うな。

私は、私の全てを形にするために。今、を変えるために、この決断をしたんだ。

そう強く思った、そのとき、勢いよく扉が開いた。

ほっとする。ブレンダは――私の元に来てくれた。

ブレンダは従兄であるマーカス殿のパートナーとして、今回のダンスパーティーに参加している。仲のいい彼を放って私の元に来てくれるという、確証はなかった。

……でも。

そのことに、喜びが湧き上がると同時に、むなしさも覚えた。

なぜならブレンダがマーカス殿との時間より私を選んだのは恋の――私が植え付けたニセモノの恋心のおかげだろうから。

「ブレンダ、私、私は――」

苦しい。早く、楽になりたい。でも、楽になりたくない。だって、ブレンダが真実を知ってしまえばこのブレンダの熱のこもった瞳が、今までと同じように私に向けられることはなくなるのだ。

この瞳を、赤く熟れたりんごのような頬が。

――もう、二度と、私に向けられることはないのかもしれない。

私の頭の中で様々な言葉が浮かんでは消えていった。

それでも言うべきことは、決まっていて、それはもう変えようのない事実だった。

「私は、君が好きだ。君に、恋をしている」

ブレンダの瞳が大きく見開かれる。そして、その瞳の中に喜びを見つけたとき、私はようやく固めた決心が鈍るのを感じた。

『いいじゃないか、このままいけば、本物になる』

幻聴が、聞こえる。

その言葉にすべてを委ねてしまいたくなる。

『花を眺めておりました。アレクシス殿下、もうご用はすまされましたか？』

ブレンダの優しさに触れた日の、声も響いた。

そうだ、私は、あの優しさに応えられなかった。

いや、違う。あの日だけじゃない。私は、いくつも間違いを正せる機会があって、そのたびに、私自身でその機会をつぶしてきた。

そして、きっと、これが間違いを正せる最後の機会だ。

「……ブレンダ」

大切なその名を、一音一音はっきりと呼ぶ。

苦しくて、胸元を握りしめる手が震えた。

こんなにも、愛しているのに。いや、愛しているからこそ。

「私は、君に、恋をしている。だから……」

だから。

このニセモノの気持ちが本物になるまで隠し通してしまいたい。

でも、それでは、あの日貰ったブレンダの優しさに報いることはできないと思うから。

「君にかけた呪いを、解かなければならない」

ブレンダが、大きく目を見開いた。

思ってもみないことだったのだろう。戸惑ったブレンダに、泣き笑いを浮かべて、そっとその頬に、触れた。

私に恋心を抱いているその瞳を、その表情を。この脳が焼き切れるほどに、深く刻み込めるように。

「君が、今、私に感じている、恋心。それはすべて――私が植え付けたニセモノなんだ」

書き下ろし番外編

Newly written extra edition

恋に対するアドバイス

The former Duke's daughter, who stopped killing her emotions.

It is loved by everyone!

「んー」

ベッドの上で大きく伸びをして、目を覚ました。

今日もクライヴの別荘での一日が始まる。

一昨日、男子達は魚料理を食べ過ぎてしばらく動きたくないと言っていたから、今日も基本は別荘の中で一日を過ごすことになりそうだ。

そんなことを考えながらベッドから起き上がり、鏡を見ながら支度を整える。

短くなった髪は、以前と同じくらいの高さで切りそろえられていた。

見た目は以前と同じ。けれど、最初に髪をきったときの私と、今の私とでは決定的な違いがある。

それは——恋をしていること。

私は恋をしている……！

心の中で言葉にすると、より気持ちが明確になったようで、頬が熱くなる。

鏡を見ると、思った通り、私の顔は真っ赤になっていた。

「……う」

すぅ、はぁ、と深呼吸をする。

それでも一度好きなひとのことを考えだしたら、止まらない。

アレクシス殿下はもう起きたかな？

アレクシス殿下には寝癖とかつくのかな？

寝起きの顔は、どのくらいあどけないのかな？

「……うわぁ」

自分でもわかる。これは、異常だ。恋はときに一種の病のような扱いを受けることがあるらしい。恋に狂った父を見てきて、なんとなくその言葉の正しさも理解していたと思っていた。

……でも、実際はこの気持ちはこんなにも、大きくて、ときめきを感じるものだったなんて、知らなかった。

「……そういえば」

この別荘にいる人たちは、みんな恋の経験者だ。

みんなそれぞれ恋をしたことがあるのだという。

恋に対するアドバイスをみんなに求めてみるのはどうだろう。

この胸にある大きな気持ちとみんなはどう向き合っているのかな。

朝食が終わったら、まずはミランに聞いてみよう。

朝食会のあと——今日もやっぱり別荘内で過ごすことが決まった——ミランの客室を訪ねる。

「……あら、ブレンダさん？」

「はい。ミラン様、こんにちは」

ミランは顔を輝かせると、私を部屋の中にいれてくれた。

「ありがとうございます」

「いえ、それでどうしたの？」

勧められるがまま、ミランとは反対側のソファーに座る。

天気の話から始めようかとも思ったけど、ミランはそういう回りくどいことが好きではなさそうだし、直球に聞こう。

「ミラン様は、恋をされていますよね？」

「え、ええ。それはもちろん……」

途端に頬を赤らめたミランは、そわそわと髪を触りだした。ミランの瞳は恋という魔法できらきらと輝いている。私もそう見えているといいな。

「それがどうしたの？」

「私も恋をしていて……初めての恋なんです。だから、この想いの抑え方がよくわからなくて」

「まぁ！」

ミランは私の手をテーブル越しに握った。

「そのことで悩んでいるのね、わかるわ。私も気を抜くとクライヴ様のことを考えてしまうもの」

「ミラン様もそうなのですか？」

「ええ、そうよ」

自分だけじゃない――その言葉が私を安心させる。

「別に無理に抑える必要はないのだと思うわ」

「え？」

抑える必要は、ない？

「ただ……私たちは、私たち自身の人生も生きていかなくてはいけないでしょう？　だから、目の前のことには集中して、それが終われば好きなだけ、恋しい人のことを考えればいいと思うの」

「……なるほど」

たしかに、そうかも。無理に抑えるのは、体にも心にも負担がかかるものね。

「ミラン様、ありがとうございます！　とっても参考になりました」

「お役にたてたなら、良かったわ」

微笑んだミランに、もう一度ありがとう、とお礼をいってしばらく雑談したあと、客室を出た。

無理に抑えなくていい、というのは、私にはなかった考え方だ。

私は晴れやかな気持ちで、階段を下りた。そこで、丁度、ジルバルトとクライヴに出会った。二人はチェス道具を持っていて、これからクライヴの部屋でチェスをするらしい。ジルバルトはチェスの後は昨日と同じく、王立図書館で過ごす、とも聞いた。

「お二人とも、少しだけお時間よろしいですか？」

ジルバルトとクライヴは、頷いてくれたので、話を続ける。

「ちょっとしたアンケートなのですが、お二人が恋をした人に他に好きな人が出来たらどうしますか？」

「!?」

なぜか驚いた様子で、ジルバルトはチェスの駒を落とした。

クライヴはその様子を見て、苦笑している。

「大丈夫ですか？」

ジルバルトが落とした駒を慌てて拾い集めて、渡す。

「ありがと」

「いえ、こちらこそ驚かせてしまってすみません」

「……うん」

先ほどの質問は、アレクシス殿下にもし好きな人や新たな婚約者が出来たときに、どうしたらいいかわからなかったので、聞いてみることにしたのだ。

もちろん、私はアレクシス殿下とどうこうなるつもりはないから、失恋は確定となる。

だから、この質問は私の今後を左右するものでもあった。

「私にもその場合の意見はあるが、この質問はジルが答えたほうがよさそうだな」

クライヴは相変わらず苦笑しながら、ジルバルトをちらりと見た。

まぁ、クライヴにはミランがいるものね。ミランも先ほどの様子を見るにクライヴにぞっこんだし、二人が引き離される心配はなさそうだ。

「ボクは……」

ジルバルトはそこで一度大きく咳払いをすると、私を見つめた。

「一番――その子が傷つかないことを選ぶかな」

「傷つかないこと……」

そうなんだ。意外と優しいジルバルトらしい答えだわ。

「うん。ほんとは、ボクを見てほしいけど、無理やりこっちを向かせても意味がない。一番はその子が傷つかずに、笑ってくれる選択が良い。たとえ、自分の恋が叶わないとしても」

「……なるほど」

ジルバルトに想われる女の子は幸せ者ね。

私は、そんな風に想えるだろうか。

アレクシス殿下に、好きな人や婚約者ができる。それは、きっとそう遠くない将来、必ず起こりうる未来だ。

その時に、ジルバルトみたいに、アレクシス殿下が幸せならそれでいい、って思えるかな。

「……ブレンダ」

「？　はい」

ジルバルトは、柔らかな眼差しで私を見ていた。

「これは、ボクの考え方。参考にするのはいいけれど、それをすべて受け入れる必要はないよ」

「……そうですね」

ふっと、肩の力が抜ける。

そうよね。失恋するそのときまでに、私なりの答えが見つけられるといいな。

「アンケートにお答えくださりありがとうございました」

「いーえ」

二人は、ひらりと手を振ると、客室の中に入っていった。その後ろ姿をぼんやりと眺めていると、声をかけられる。

「あれ、ブレンダ？」

「……ルドフィル？」

ルドフィルが、満面の笑みで立っていた。

「丁度厨房に行こうとしたところで、ブレンダが見えたから。これから、クッキーを焼こうと思うんだけど、ブレンダも食べる？」

「うん、食べたい」

私が思わずごくりと唾を呑み込むと、ルドフィルは微笑んだ。

「じゃあ、ちょっと待ってて」

「待って、ルドフィル」

「？　どうしたの？」

「私も、手伝うよ」

ルドフィルのクッキーはとても美味しい。

でも、一緒に作ればもっと美味しいはずだ。

「わかったよ。じゃあ、一緒に作ろう」


ルドフィルと並んで作業する。

料理長にあらかじめ許可を取っていたらしく、順調に作業を進めた。クッキー生地を延ばしたり、型でくり抜いたりするのは久しぶりでとても楽しい。

「ルドフィル、ちょっと質問があるんだけどいいかな？」

「うん、いいよ。どうしたの？」

型抜きをする手を止めて、ルドフィルが微笑んだ。

「ルドフィルは――」

質問しかけて、迷う。

私に恋をしてくれているルドフィルにこんなこと聞くのは違うかも。

「ルドフィル、は」

一度口から出てしまった言葉の行方を見失って、私は何度もルドフィルの名前を呼んだ。

「どうしたの？　焦らなくていいよ」

ルドフィルの瞳は、以前と変わって穏やかだけど熱っぽい瞳だった。

ううん、違う。以前と変わらない。その瞳の熱に気づいたから、変わって見えるだけ。

私は、一度深呼吸をして、それから続けた。

「胸が苦しいときってある？」

結局、どんな風に、こんな状況で、などの具体性がかけた言葉が出てきた。

私は、ある……正確にはあった。

アレクシス殿下に避けられた時、胸が張り裂けそうなくらい痛かった。

「……うん、あるよ」

ルドフィルは、相変わらず熱を宿した瞳で私を見つめた。

「ルドフィルは、そんなときどう対応するの？」

私の問いに、ルドフィルは微笑んだ。

「僕に……出来ることを探すかな」

——出来ることを探す。

「見守ることもあるし、手を差し伸べることもあるよ。そのときに必要そうなことをして、もしブレンダが笑ってくれたら、嬉しい」

「！」

ルドフィルは、はっきりと私の名前を出した。

質問は、恋についてのこと、とは言っていない。もちろん、私はそのつもりで聞いたけど。

日常生活でも、胸が苦しいときってあるはずなのに。

「どうして……」

「だって、ブレンダ、わかりやすいもの。何年一緒にいたと思ってるの？」

そういって、ふふふと笑った、ルドフィル。

私は、もしかして、何度もルドフィルを苦しめてきた？

ううん、きっとそうだ。

今だって、恋に関する質問をしたり、以前はルドフィルの気持ちに全く気づかなかったり。

「ブレンダ」

ルドフィルは、穏やかな声で、私の名前を呼んだ。

「そんな顔しないで」

「でも……」

「僕にとってはね、痛みも嬉しいんだ。……あ、変な意味じゃなくてね」

痛みが、嬉しい？

私にとって、痛いのは、苦しい。痛くない方がいいって思うけど……。

「痛みも恋が与える感情の一つだから。それが経験出来て嬉しいんだ」

「……そういう考え方もあるのね」

私にはなかった考え方だ。でも、だからこそ勉強になった。

「教えてくれてありがとう、ルドフィル」

「ううん、そろそろ全部くり抜けたから、オーブンに入れようか」

「うん！」

――その後、上手に焼けた紅茶味のクッキーは、少しほろ苦い味がした。


ルドフィルと一緒にクッキーを食べた後、庭に出た。

夏らしく今日も天気は、晴天で、雲ひとつない。

ひまわりやユリなど様々な花が植えられている庭はとても綺麗だ。うっとりと、眺めながら歩いていると、熱心に庭のある一角を見ている好きな人――が目に入った。

に向き直る。

「……アレクシス殿下？」

話しかけてから、しまった、と思う。邪魔しちゃったかな。

アレクシス殿下の瞳は慈しむような色を湛えていた。その色をふっと消し、アレクシス殿下は私に向き直る。

「ああ。……ブレンダ」

ただ、名前を呼ばれただけだ。

ただ、名前を呼ばれた、それだけ、なのに。

どくどくと、心臓がうるさい。世界から、音が遠のく。

まるで、世界に二人だけのような気分になって、アレクシス殿下しか見えなくなる。

「ブレンダ？」

また、名前を呼んでもらえた。うれし……って、そうだけど、そうじゃなかった。

「！　いえ、アレクシス殿下は何を眺められているのかなって……」

アレクシス殿下は一度、目線を私から離して、花を見つめた後、再び私に向き直った。

「クライヴ殿に教えてもらったんだが、アサガオという花らしい」

花を指さしたアレクシス殿下の指の長さに、目が吸い寄せられそうになりながら、その花を見る。

「わぁ、綺麗ですね！」

「ああ、そうだろう」

アレクシス殿下は、嬉しそうに微笑んだ。

「こちらは、まだ咲かないんでしょうか？」

他のアサガオがたくさん花開いている中で、まだ、ツタを伸ばしているだけの株が気になった。

「！　……あ、ああ。まだ、咲かないらしい」

なぜか、驚いた顔をしたアレクシス殿下に首をかしげる。

「？　どんなアサガオが咲くか、楽しみですね」

「……ああ」

ふわり、とアレクシス殿下は微笑んだ。アサガオは、間違いなく綺麗な花だ。でも、その笑みの柔らかさ、そして美しさには到底かなわない。

その微笑みに見惚れていると、アレクシス殿下が戸惑ったように私を見た。

「あっ……申し訳ございません。不躾でした」

私は平民で、相手は第二王子だ。婚約者のころならまだしも、今、眺めるべきではなかったかも。

「いや、ただ、ブレンダがそのような顔を向けるのは珍しいと思って」

「そうですか？」

「……ああ」

……ということは、普段見惚れそうになっているのは、隠せてるってことよね。良かった。

ほっと、息を吐きつつ、恋の助言をアレクシス殿下――私が恋をしている張本人に尋ねてみる。

「アレクシス殿下は、独占したいと思ったことはありますか？」

たった今、アレクシス殿下のあの柔らかな微笑みを独占したいと思ったので、アレクシス殿下に聞いてみた。

「ある」

あるんだ……。即答なその言葉に、胸がきゅっと痛くなる。

「だが、最近――私は、迷うんだ」

「迷い……」

意味深な言葉に、なぜか、アレクシス殿下に一昨日言われた言葉を思い出した。

『君の色だからだ』

そういえば、アレクシス殿下と話をする機会を窺っていたのだ。

今が、そのチャンスなのでは――……。

「ブレンダ、アレクシス殿下！」

「ルドフィル様？」

ルドフィルがやってきたので、首をかしげる。

「お話し中にすみません。みんなで――ローリエ殿は王立図書館に行ってていないけど、みんなでお茶会をしようという話になっていますが、アレクシス殿下とブレンダも参加しますか？」

話をきくと、先ほどルドフィルと焼いたクッキーの余りがみんなに好評らしく、お茶会をすることになったらしい。

「ああ。参加する」

「参加したいです」

私たちが頷いたのを確認すると、ルドフィルは微笑んだ。

「じゃあ、別荘の中に入りましょう」


「ふー」

夜、ベッドに転がりながら、今日のことを思い出す。

みんなに色々な恋の助言ももらったし、お茶会も楽しかった。

でも、結局、アレクシス殿下の迷いの話や湖での話など、アレクシス殿下と二人きりで話す機会はまったくなかった。

明日こそアレクシス殿下と深く話せたらいいな。

そう思いながら、目を閉じた。

あとがき

こんにちは、夕立悠理と申します。

この度は、『感情を殺すのをやめた元公爵令嬢は、みんなに溺愛されています！』の二巻をお手に取っていただき誠にありがとうございます。

この物語のテーマは、『恋』ですが、特にこの巻では様々なキャラクターたちの恋に対する考え方を表現したくて書き始めました。その考え方が顕著に表れているのが今巻の番外編だと思っております。みなさんは、誰の考え方に一番近かったでしょうか？　ぜひ教えていただけると、嬉しいです。

また、今巻は一つの『恋』が終わりを迎える巻でもあります。間違いなく一つの『恋』は終わりますが、その恋が終わっても、物語は進み続けます。最終的な着地はどこになるのか。ぜひ、お楽しみいただけましたら幸いです。

一巻に引き続き、今巻でようやく本格的に登場したブレンダの兄であるリヒトや、ミランの弟であるマインに命を吹き込んでくださった、ふじさきやちよ先生、ありがとうございます！

リヒトはかっこよく、そしてマインは可愛くデザインしてくださり、特にマインの可愛さには心臓を撃ち抜かれました。ミランが可愛がるのも納得のキュートさでした。

今巻も素敵なイラストで本作を彩ってくださったnima先生、ありがとうございます！　爽やかな表紙も大好きですが、特に口絵の儚さが素晴らしく、初めて拝見したときの感動は忘れられません。まるで実際に花火の音が聞こえてきそうなほど、きらめいている花火やそれとは対照的なアレクシスの切ない表情が大好きです。

いつも優しい担当様、ありがとうございます。いつもご迷惑ばかりをおかけしてしまい、申し訳なく思っています。担当様のお心遣いに報いることができるよう、精一杯頑張ります。

投稿サイトで応援してくださった方々、ありがとうございます。何度もみなさんの感想で励まされました！

本作が書籍になるにあたって、お力を貸してくださった方々にも心から感謝申し上げます。

そして最後になりますが、ここまで読んでいただき、ありがとうございました！

これからもブレンダの物語を、見守っていただけたら幸いです。

二〇二二年　十月二十八日　夕立悠理

ありふれた不幸ですよ、お嬢さま
ひぃひぃ孫
祖母
祖母
と未来《ハメツ》を変えていく！

ティアムーン帝国物語
断頭台から始まる、姫の転生逆転ストーリー
XIII
2023年4月10日発売！
Tearmoon Empire Story
餅月望——著
Gilse——イラスト
ただ、一日会いたいと思ったのです
3人の少女が、
過去《フコウ》
ドラマCD
第2弾
同日発売！
予約受付中！
詳しくは
公式HPへ！

感情を殺すのをやめた元公爵令嬢は、みんなに溺愛されています！2

2023年3月1日　第1刷発行

著　者　夕立悠理

発行者　本田武市

発行所　TOブックス
〒150-0002
東京都渋谷区渋谷三丁目1番1号　PMO渋谷Ⅱ　11階
TEL 0120-933-772（営業フリーダイヤル）
FAX 050-3156-0508

印刷・製本　中央精版印刷株式会社

ISBN978-4-86699-765-0

Printed in Japan